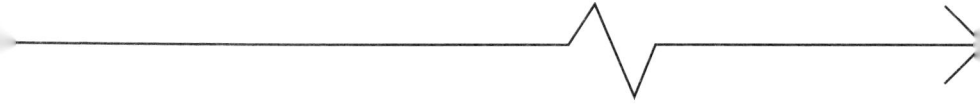

闆安

阎安

1965 年 8 月生于陕北乡村，现居西安。现任陕西省作家协会副主席，中国作家协会诗歌委员会委员，陕西省诗歌委员会主任，文学期刊《延河》主编。2014 年以诗集《整理石头》获第六届鲁迅文学奖诗歌奖。已出版《整理石头》《与蜘蛛同在的大地》《乌鸦掠过老城上空》《玩具城》《无头者的峡谷》《时间患者》《鱼王》等多部著作。有部分作品被译成俄语、英语、日语、韩语、克罗地亚语等，在国外出版发行。

长安新诗典

蓝孩子的七个夏天

阎安 著

陕西新华出版传媒集团
太白文艺出版社

图书在版编目（CIP）数据

蓝孩子的七个夏天 / 阎安著 . — 西安：太白文艺
出版社，2017.6（2020.1重印）
（长安新诗典）
ISBN 978-7-5513-1181-6

Ⅰ . ①蓝… Ⅱ . ①阎… Ⅲ . ①诗集—中国—当代
Ⅳ . ① I227

中国版本图书馆 CIP 数据核字（2017）第 148172 号

长安新诗典
蓝孩子的七个夏天
LANHAIZI DE QIGE XIATIAN

作　　者	阎　安
策　　划	韩霁虹
责任编辑	马凤霞　彭　雯
封面设计	李世豪
版式设计	张洪海
出版发行	陕西新华出版传媒集团
	太白文艺出版社
经　　销	新华书店
印　　刷	天津行知印刷有限公司
开　　本	889mm×1194mm　1/32
字　　数	120 千字
印　　张	7
版　　次	2017 年 6 月第 1 版
印　　次	2020 年 1 月第 2 次印刷
书　　号	ISBN 978-7-5513-1181-6
定　　价	28.00 元

序

/

最诗意，在长安

韩霁虹（太白文艺出版社总编辑）

送你一个长安 / 李白杜甫 司马长卷 / 唐风汉韵 锦绣斑斓 / 采些许诗意观照明天

诗人薛保勤吟唱的长安，是"一城文化半城神仙"的诗长安。这里有诗经故里的"蒹葭苍苍白露为霜"，有终南别业的"行到水穷处，坐看云起时"；这里有沉郁忧思、欲"大庇天下寒士俱欢颜"的杜甫，有傲视八极、"天子呼来不上船"的李白；这里曾经绿枝低垂灞柳风雪，这里曾经樽壶酒浆曲江流饮。

郁郁《诗经》，浩浩汉赋，煌煌唐诗。真是个从千年诗脉韵律中迤逦而来的诗都长安。

当年诗意盎然的长安，今安在？

被称为"文学大省"的陕西文坛，当下更多关注、推崇的是长篇小说。成就丝毫不亚于小说的诗歌群体，大多疏离于体制之外，被忽视且边缘化了。

然而，独立探索，自由先锋，守常求变，孤芳自赏，陕西的诗人们倔强生长，墙内开花墙外香，活跃在全国乃至世界的诗坛。几乎每一个重大的诗歌事件，陕西诗人都未缺席。但陕西诗歌的整体宣传和出版却在缺位状态。

有些人是读着诗慢慢成长的，有些人是读着诗慢慢变老的。作为一个中文系毕业、在诗歌陪伴下成长并变老的文学编辑，对于陕西繁茂又略显沉寂的诗坛我是有些耿耿于怀的。

于是有了这套"长安新诗典"。召集活跃在当下诗坛的陕西最有代表意义的六位诗人，自选出道以来最满意的诗作。每人一本。

阎安、伊沙、耿翔、秦巴子、李小洛、周公度，六位诗人，诗歌立场和美学趣味不同，在体制内与体制外、传统与现代之间，保持了各自不同的精神气质。他们以匍匐的姿势聆听万物苍生的一呼一吸，用细微和宏大的多维视角解读大地和生命之美，标明自己灵魂所坚守的精神高度。他们与"哀而不伤，乐而不淫"的古老诗歌美学遥相呼应，与"这是信仰的时期，这是怀疑的时期"的当下时代一同起舞。他们安静沉稳拙朴，他们狂放自由灵动，他们温情又冷峭，他们自信又舒展，他们以自己的才气和力量书写了当代中国知识分子百感交集的成长史和心灵史。他们写作的丰富性改变了传统诗歌的面貌，对我国当代诗歌时代性的转型和读者接受心境上的改造有令人惊讶的开路先锋式贡献。他们是陕西乃至中国诗歌的光荣与梦想，将为中国乃至世界诗坛新诗的发展留下浓墨重彩的独特文本。

这不就是最长安的最诗意吗？

中国诗歌的灵魂在长安。这里曾经是中国诗歌的高峰，也是世界诗歌的高峰。即使在新时期，陕西诗人在中国诗坛依然群星交相辉映。

有人说，当下陕西诗歌有高原无高峰。

读读这六位诗人的作品吧。如果读懂了他们的温柔与霸气，触摸到了这些诗歌的灵魂，你就不会说上面那句话了。

伊沙说，西安没有诗歌，就是西安；有了诗歌，才是长安。

一座城市因向诗人致敬而拥有了诗意。

最诗意，在长安。

2017 年 6 月

目　录

第二辑　北方的书写者

第三辑　蓝孩子的七个夏天

第一辑　孔子一定见过大海

浮云绘

向上看　那些浮云扔下的行踪
惊飞了一只飞鸟一天的行程
和一只蚂蚁人所不见的一生

只有飞翔才能抵达的悬崖上
那些没有泥土也能生长的柏树
松树和无名的藤蔓
只有风知道它们云雾中凝结的露珠
以及昨天和今天　它们所经历的
比云雾更确切的委屈

向上看　在追逐被浮云所包围的鸟巢的道路上
一条蛇蜕掉了已经死去的皮囊
却不幸臃肿地瘫痪在草丛里
它在努力修复交配时　由于母蛇过分的反抗
而不慎折断的脊椎
向上升腾的蛇芯子　对着浮云
咝咝作响

向上看　那些浮云总是在最高处
昨天它们刚刚飘过树梢

今天它们正飘过地平线
和刚刚接近地平线的一名自闭症患者
在他刚刚发现的奇异景观面前

浮云和他正佝偻着腰身
在人所不知的地方　呕吐着
一大堆比想象更古怪的事情
和在胸口上装了多年的
一大堆石头一样淡然无味的鬼

好兄弟住在山上

河流没有名字的地方
树林子没有名字的地方
古里古怪的鸟和动物　在幽暗中
偶尔穿梭出入的地方
就是山深的地方

沉默的人家居住在这地方
善良的人家在灾荒之年迷了路
被鬼一路引领（当时他蓬头垢面
形同灾荒之年的亡命之徒）
也会来到这地方　隐者（从前他可是一位贵人
住在中央电视台所有频道的心尖尖上）
和他顽石般难以腐蚀的心
会越过重重迷雾
找到这比传说更加遥远
也更加诡谲的地方　安顿下来

山深的地方　鬼像人一样来来去去
像野兽一样自己来到河边饮水
寂寞难耐之时　乘夜深人静
它会抱走善良人家的一个孩子

把孩子的身体抛尸野外
把孩子的灵魂变成珍珠攥入手心
它甚至还会像真实的人一样
选中善良的人　光天化日之下
像似曾相识的人一样
公然和他们打招呼
哭泣一番　大笑一番
说说前世之中的伤心往事
再一溜烟地消失到密林深处

中国是一个多山的国家　山深的地方
比秦岭还要深还要神秘的地方
一定还有很多很多　我愿意领着一群人
到那里像鬼一样居住下来
并在横幅一样举着的旗帜上写下：

好兄弟住在山上

傲慢者

傲慢者　自珠穆朗玛的巅峰
像寒流一样带着棱角分明的凛冽下来了
自昆仑山上的云雾中下来了
他显现为河流　并把河流分解为五色绸缎
施舍般地分散到世界各处
甚至分散到大海坟墓般并不透明的蔚蓝之中

傲慢者　他沿着山脉
（偶尔也包括几条大峡谷）
和乌云的势力逐步推进
小人心里的毒　那玻璃一样
动不动就互相瓦解的毒
他心系河流
尚且无法顾及

傲慢者是倾向于大海的
在大海上　他随心所欲舀起一瓢海水
——他自己的水
然后再把它玩游戏般地倒入大海之中

傲慢者　银河的把柄握在他的手上

回顾天下　他目睹时间瓦解为尘埃的样子
和雪之后的纷乱与坠落
嫣然一笑　不动声色

傲慢者喜欢用更多的时间观察自己的瓦解
像一座座泥做的雕像　他把它们煮沸在水里
他目睹它们在水中一缕缕地瓦解
不卑不亢　毫无怜悯之心

——傲慢者　他要在自己的消失和死亡里
仿佛过来人一样从容地行走
渐次展开虚无的真谛

终南山中新来的隐者

厌倦尘世和尘世上的自己　他修炼得还不够好
偶尔谈起一些过往的事情
会禁不住流露喜悦的表情
但他多么努力　在终南山深处
山和云交替出没的地方
他种菜打坐　和一个私奔的妓女
合伙吞下往昔
那一块块为美而疼痛的碎片
守着棚屋生儿育女

每天　他就着山溪清洗自己
以及另外一些不知名的东西
他居住在
一缕青烟比天宇还蓝的顶端

在绝顶上

后来我渐渐喜欢上了登山
每次在山顶　我都能感受到世界在高处
沉默的力量和沉默中
头发被风拔起来又落向地面的声音
在山的不同的等高线上
时间在一天之中变换着四季
草木越往高处走越稀疏
鸟也变换着颜色和种类
像智者一样　在最高处
世界在它的巅峰上削尽了草木
裸露出秃顶　仿佛它一直在那里等我
当我登临绝顶
想到自己脱发不止的头顶已秃掉了一小块
其他地方也在渐渐稀落着
不禁悲从中来　但我还是坚持
站在呼呼鸣叫的山风中
听沉默中落下的头发
来不及落地就随风而去
与一望无际的虚无一同沉没
把潮水般泛上喉咙的声声长啸
吞咽甘露一样一个个咽进肚子里

孔子一定见过大海

孔子一定见过大海
所以他才喜欢乘马骑驴
终生沿着大河的边际行走
没有问过鱼　也没有问过龙
就通晓了为什么每一条河流
赴死般不顾一切奔赴大海的秘密

孔子一定见过大海
所以他喜欢登临泰山
喜欢在东岳泰山的绝顶上
向下俯瞰　将万世浮云尽收眼底
将浮云之下　丝绸泥丸般若有若无的山河
像雨滴露水一样收入胸中

孔子一定见过大海
因此他看得见飞鸟　看得见浮云
也看得见在浮云似的飞鸟
和飞鸟似的浮云之后
那像浮云般若隐若现和若有若无的
云层般的大地以及云层般渺茫的万物

嗨！这个名叫孔子的人
他秃顶上的毛发被劲风一直狂吹着
像快要枯死的海藻一样一蹶不振
我猜想他一定见过大海

郑州：与黄河有关的时间与眺望

剑一样悬在它头顶的河流
含住了水和低吨位航运
在货轮到达之后　悲悼般
一声比一声更加沉郁的汽笛

从天上的云彩开始　从远山的峡谷和雾开始
仿佛趁着历史的破绽而不断降低的水位
和它的越暴露悬崖越多的河床
含住那些过滤了全部经典之后
更加冥顽的　比河床更加冲动
也更加古老的巨石　含住了河心洲
偶尔塑造的一些泥菩萨
一些用一只脚孤立并啼哭的鸟
和它们冲天高飞时不慎折断的
羽毛及其沉默

一条剑一样的河流
在空落落的河床的空架子中抖动
含住了来自上游的细沙
破碎的山体　含住了某种死
在上游阶段也曾热烈的表现

和一艘已经下水的小渡轮
迟迟不能确定日期的

剑上的航程

怀揣宝石的人

那人在秦岭以北的旷野里踽踽独行
白昼强调着他灿烂而迷惘的背影
在夏天的远方　在地产商像罪犯一样圈起来的土地上
他一会儿和草木为伍
一会儿和海边运来的白花花的石头为伍
披荆斩棘的行程充满诡异之美

他走走停停　看样子
早些时候已经练就了一种类似畜生的耐力
被那么多的牛虻和蚊虫热烈地围绕着
和那么多充满肉欲探究的飞虫撞击着
却不为所动

怀揣宝石的人　没人知道他的来历
也没有人知道是宝石压弯了他的腰
他慢腾腾地在空旷深处行进着
日薄西山　越来越深的黑暗
也不能让他快起来

可以看出他并不害怕黑暗
甚至某种程度上他是在渴望黑暗

大概到时候他是要与月光为伍
要与星宿的忧伤和光芒为伍

他要在旷野的夜色里
就着天光打开满怀抱的宝石
细细地探究一番
喟然长叹

秦岭石

这些无用的石头悬在绝路上
无用的高处
向上看　它们在天的中心
（仿佛是天上的事情　只跟天空有关系）
云有时会碰碰它
鸟有时会碰碰它
它们独对蓝天
仿佛沉潭里深藏的秘密

我也只是仰望它　有几次
我想绕着圈子亲自上到高处
亲手摸一摸它
我想用有限的手掌和温度
正正经经心怀怯意地摸摸它

但是它居住在绝路上
无用的高处　那是我
甚至隐者也到达不了的地方
那是旋转着的天空和它的空虚
绕来绕去　也找不到
来路和去路的地方

奇异之树的瘦身术

她的硕大的花盘和果子
你必须用天文望远镜才能观察到

她的比鸟巢更隐蔽的果子
比鸟更渴望飞翔的枝杈和叶子
仿佛大海隐藏在小小的水井之中
仿佛一条激流咆哮的大河
远远地躲在一根细丝似的地平线两端

一棵树　她有时候也会做梦
怀抱着自己隐秘的巢
她梦见宇航员丘切托夫在太空孤独地滑翔
梦见宇宙　一团未被命名的星云间
她正在寻找自己的影子　果子
她要把那些一颗又一颗的黯淡的星星
像接纳游子一样安顿在自己的巢里

——这就是她　远在云端之外
一棵奇异之树的瘦身术

如此体面的江水

密密的造船厂排列在大江两岸
江风浩荡　逼退了雨和雾霭
吹蓝了江面
很多刚刚下到江边浅处的巨轮
一个个暴露着怪物般伟大的翘肚皮
黑肚皮　蓝肚皮　白肚皮
一个个都是酝酿着未知航程的铁肚皮

如此体面的江水
江面如此宽阔如此明亮
那些仿佛精灵般来自大海远方
或者秘密地在深水中潜行的洄游之鱼
如今已经罕见　那些由于跳过了头
比巨浪跳得更高而不慎摔死的江豚
如今也已经罕见　上游的大鱼
包括废旧的铁桶　塑料袋
深陷泥淖的偷渔者和他快要散架的老木船
在上游就已经通通落网
一些杂草一样毫不出色的小鱼和小虾
它们无力浮出江面
也无力再搅浑水

如此体面的江水　巨大的网在暗处
它排斥了浓雾和太多的生与死
略显低沉的浑浊的蓝
仿佛其中没有什么再值得去死的蓝
只等着明天的巨轮
面朝大海　划破江水的肚皮
在汽笛悲鸣中一去不返

四眼井

500 年前　井中养过一条鱼
打水的人没看到它
一个迷路的隐者带走了它
1000 年前　井中养过一条龙
它慢慢长出了鳞片　胡须和翅膀
突然变成巨龙　托起一座名叫孤独的山
一座纯粹由石头造就的山
然后一飞冲天
100 年前　井底住进了一群青蛙
它们由于快乐而肥胖　由于过于肥胖
噎死了一条不慎落井的大蟒蛇
和梦游中前来汲水的异乡人
100 年后　它们被一辆不知来历的起重机
秘密地运往中国靖江郊外
或者被彻底倒入江中

长着四只眼睛的人
是口渴的人　被太阳摧毁的人
开着四个口的井
是四只看透了人的眼睛
等江河湖海老去之后

它依然在等　等那些口渴的人
长着四只眼睛的人
尚未被太阳和泥沙
被大海和梦游摧毁的人
从异乡归来

在长江边上等鱼

来自大海的鱼只剩下四条了
鲥鱼　刀鱼　鮰鱼　杂鱼
它们被一个狡猾的渔夫藏到树上了
没有人再能打听到它们的下落

来自大峡谷中的鱼群
它们在穿透一具尸体产卵时
由于钻得太深不慎窒息而亡
让那些流落在下游的小鱼
找到入海口也不见大鱼的下落

而我是来自梦中的一条大鱼
被另外一个有着色盲特征的梦所困惑
生活在长江边上　每天都在等待
那些将要浮出水面晾晒脊背的鱼

那是同样在梦中
并深受噩梦和色盲困惑的
鱼王所率领的另外一群
鱼

巢与鸟

有一些鸟　在江面上飞
仿佛没有归处地飞
它们的巢安放在废弃的桅杆上
悬挂着的旧渔网里　或者被渔网
隔在深水的不知名的草丛里

有一些巢　悬挂在树权上
和类似树权的高压线塔上
那是一些无鸟入住的空巢
让我想起了人去楼空的故乡
让我突然放慢脚步　呆立江边
看着江水浩荡东去
向着大海不停地流逝
仿佛有一个永不满足的巢
就构筑在大海的深处
远方的浓雾深处
或大海之外的另外一个大海
它的深不见底的大龙的宫殿里

鱼和水的变身术

我要把我这杯水
全部倒进你的空杯子里

一杯从天上收集来的水
一杯在深井里保存了很久的水
一杯经过深深河流深刻修炼的水
一杯白花花的但明显带有阴郁气质的水
（天知道它经过了多少寂寞和阴影的腐蚀）
我要把它一滴不剩地
倒进你的空杯子里

如果你的杯子恰好是满的
我会微微一笑　并不那么灰心丧气
我会回到一条蓄谋已久的河流里
在它的深水中处心积虑地培养一条鱼
一条综合了我全部气味
全部骨骼和全部性格的鱼
然后选择时辰　筑堤打坝
像开辟南水北调工程一样
像偷天换日一样　一个人偷偷地干
像潜伏起来一样秘密地开山炸石

开出一条直接通向你的杯子的
像模像样的水渠

我要我的鱼沿着水渠慢慢地洄游
像夕鸟归巢　像水往低处流
像不慎跌落深谷的云开始往天上升
我不会计较反复碰壁的经历
我要向前　向前　再向前
仿佛赴死般地向前　我要在所不惜地
径直游进你的杯子里
游进那仿佛再也不可摆脱的陷阱里

我的理想是开一家地下水厂
终生不抛头露面　一辈子秘密地与水打交道
把黑暗之域的鱼和因为黑暗而倍加澄澈的水
秘密地运往世界各地　秘密地
注满你的杯子

四个不同形状的杯子

我把从一口刚刚打好的井中取出的新鲜的水
背对着四只喜欢偷袭邻居家红果子的黑乌鸦
藏在酷似宇宙造型的漏斗形的杯子里

我把像索取珍珠一样从远方山岩里取来的亮晶晶的泉水
背对着两只在麦田深处用凄惨的尖嗓子叫春的土拨鼠
藏在一座可以放置子宫形杯子的河床的草丛里

我把从我前世的身体和河道里预留的前世之水
背对着你的比两团乌云更加蓬松的两个乳房
藏在可以放置鸟巢形杯子的梧桐树的浓荫中

我把从我的肺里和眼睛里提取出来的唯一一杯水
背对着我独处时不慎排除在外的雾霾和城市
用嘴唇的杯子藏在比我更加饥渴的沙漠的肚子里

金鱼之变

水少了它要死
水多了它也要死
吃多了它要死
吃少了它会因饥饿而失眠
也要死

如果没有水
鱼缸是一盆子空气
如果没有鱼
一盆子水就是一盆子虚无

正如一只气球里的空气
用它来预备呼吸是危险的
像鸟一样和它一起飞
像飞机一样和它一起飞

必将是迷惘的飞
是无法确定日期的
既破碎又虚无的飞

象征之河

有一条或者许多条在象征之中活着的河流
是仿佛来自偶然之中的河流
是一条或许多条沙漠上的河
是在细小的茎叶的脉络中
像密集的毛细血管一样
轰轰作响　奔腾不息的河

一条或许多条沙漠上的河流　细小的河
一棵树中的河　深邃的河
连着树根在黑暗中穿越的河
像空气一样在寂静中流逝的河

是一条在象征之中比在真实之中活得更强大
在超验的身体和内心中
阴郁和燃烧同样强烈的河

飞机和鸟

一架飞机像一只大鸟一样
从秦岭上空空虚的蓝中飞下来

一架飞机像一只大鸟一样
从秦岭浓雾缭绕的山上飞下来

当一架飞机以落日般的速度在黄昏的辉煌中降落
一只大鸟正以落日般的姿态飞越巅顶

当一只大鸟将要栖息于绝壁和浓雾
一架飞机也将止于大地和它震荡的巢窠

而我　一个同时窥破了大鸟和飞机飞行路线的人
一个把时间火红的心脏攥在手心里的人

我睡眠的地方将是秦岭的深处
一篮子悬挂在梦的高处的水淋淋的乌云

我的传说

像老虎一样　我其实只是喜欢生活在传说中
在树林子里出入　懒得吃过于弱小的山兽
平素只喝些野蜂的蜜汁

像传说中的寨王一样　我其实只是喜欢
以幽深的树林子做掩护
在一座乱石砌筑的老堡子里独奏丝弦
等着丰乳细腰的女人自己找上门来
野花把阴暗的山谷
装扮得比去年更加灿烂

我有着终身不娶的打算
只在传说中等着亲爱的人从传说中出来
我一直向往能和她幽会于鬼出入的地方
她戴着艳丽的树枝和野花的头饰
还有歌唱般的叫喊
既会招蜂引蝶　也能吓破鬼胆
如果鬼也喜欢我亲爱的人
我将像一个传说中的大力士一样　一扑而上
从恶鬼的怀里抢出我的小女人
再抢出她圈养在山里的一群孩子

我将像传说中的大力士　一扑而上
打败一个恶鬼　或者一群恶鬼
然后眼看着它们落荒而逃
眼看着他们变成一个或一群鬼影子

我款款走向黄昏的山野
那可能包含着更多传说的远处

闻所未闻的鸟怎样飞越世界

像天空把山河的寂静
给了山顶偶然的白云　孤零零的飞鸟
和一次怅然若失的乌云的远眺

像山脉站住了脚跟　不惜剩下破碎的样子
以几乎等同于山峰本身的巨大的悬石
阴影以及穿梭其中的危险的空虚
稳定了峡谷和一条河流

像一个小面人　被女主人添上了老虎的胡须
鸟的翼翅　旁边树枝上跃跃欲试的巢
在一场小小的梦中
就可以像精灵一样飞起来
越飞越高　越飞越远

一只闻所未闻的鸟　会突然破空而起
飞过粗喉咙大嗓门的旧世界
也飞过肿脖子肿脸
由于频繁的交通堵塞而显得头很重脚很轻的全部的旧世界
不会给你说声再见

与黑神祇和解

黑神祇掌管着水
像鹰和太阳一样
他居住在我的北方的山顶上
山顶被风扫净的岩石上
有时他又像一条狡黠多计的老蛇精
长着怪鸟的翅膀　雄鱼般的鳍
居住在天空　云的中央
土地的中央　河流的中央

我是黑神祇的儿子
我和黑神祇同时都是北方的儿子
我和黑神祇
我们是天生的朋友和敌人

当一颗沙粒的心脏上和一棵草的心脏上
也住下了黑神祇
一根腐烂的木头的心脏上
黑神祇和他的情人们
跳着荒淫的舞蹈　庆祝丰收
有时也庆祝死亡

当我的爱人也是他披头散发的爱人

我们在远离人烟的旷野上打斗
我们在一个深井里打斗
搅乱了一群乌鸦的晚礼服比赛大会
搅黄了一条河流　一座依河而卧的山
在秘密的战争中一边战栗一边倾斜

黑神祇和我　我们共同居住的北方
花朵在尘世上静静地开放的时候
是我们选择了良辰吉日　讲好条件
决定和解的时候

藏匿者怎样像一个陌生人藏匿自己

蓝蝴蝶和它无用的蓝
在向着黑暗的飞翔中消失
一颗碎裂的星星和它遗落在陨石中的风
在近乎无用的内在的吹拂中消失
树叶寂静于空茫之中
月亮隐匿于
比白花花的旷野更加空茫的空茫中

紧随着一个异人行走的方向
秘密的迁徙者是一只蜘蛛
很多人堆积在大路口
离而又去变动不居的地方
墙壁像帷幕也像帐篷的地方
仿佛挂在幕墙上的一幅怪物草图
你再也见不到蜘蛛的身影

你认识的人都是陌生人
异乡人　蜘蛛一样不受约束的狂徒
他们带着幻影般精确的阴郁气质
仿佛藏匿者一样来自外地

潜伏者：我有时这样命名世界

天空空虚的蓝中飘着一只风筝
一只鸟一样　挣脱了控制之手的风筝
一只篡改了鸟的灵魂而自由飞翔的风筝
在我仿佛被遗弃般的一场野地之旅中
我把它命名为天空失控的面具

被遗弃在大地的深处　当我深陷狼狈般的奔窜
在时间中渐渐成熟　拥有了某种类似灭绝的野兽的表情
我的表情就是大地和一条北方的河流
在绝壁和绝地中伤逝的表情
丧失了河床的河流
我赤脚奔走也找不到它那坍塌之水的面具

被风和幻觉推动着　一个误入地平线
和城市中的孩子
怀揣赃物一样怀揣着鸟和母语的孩子
他用建筑碎片或碎玻璃般
僵硬的普通话不停地伪装自己
趁着在建筑工地包扎伤口的间隙
我偷偷地把他命名为故国的面具

更多的时候　在一些叫作异乡的地方
星空和它上面缭绕的雾霭
埋没了许多似曾相识的面孔
从沉默中落下宇宙中无名星座的碎屑
像落下雨

这巨大的寂静
是不再需要任何面具的寂静

某些时候　有人只是阴影

某些时候　很多事物会像鬼一样
在光天化日下杳无踪迹地藏起来
比如一只土拨鼠　一匹狼　一条蜥蜴
一条动机恍惚的蛇　一只穷途末路的羊
甚至一棵树　也会在空旷的烈日下
像灌木丛似的摊在地上　藏在自己的阴影里
在山上修飞机场的推土机
在业已铲掉了一座大山之后　突然一个倒栽葱
像坠入陷阱一样地坠落
轰隆隆地滚向另外一座大山的深谷
及其深渊似的阴影之中

这时候　一个在烈日和旷野中突然出现的人
他必须把自己压在巨大的帽檐下的阴影里
阴郁的表情　游移不定的眺望
一个仿佛阴影似的人　通过阴影
和阴影几乎控制不住的摇摇晃晃的行走
以及包含着比阴影有着更多的不确定的目光
——深深地打量这个世界

某些时候　有人来路或明或暗
恍惚如阴影
世界也是

寻找失踪者

一个人失踪了　由于他生前喜欢种树
我们不得不到很远的山里寻找他
我们在天池里看看（从前他讲述过
他曾目睹的鱼神怎样在那边水里出入）
让手电光柱一遍遍掠过空无一物的水面
在树上看看（此人对猕猴多有研究
从前夜不归宿的时候　喜欢住在树上）
多少不识夜色的鸟儿与虫豸的合唱
为此在震惊中晕厥过去　纷纷坠地
我们就这样向山的纵深处搜索
一直到第二天　天色渐亮之时
我们刚刚登上一个山顶　有人惊叫起来
原来是失踪者在眼前出现了
他正把一大堆收集了多年的空巢
像堆山一样高高地堆起来
像一只巨鸟一样席地而坐
一声声地学着鸟叫　一边鸟语道：
世道啊　深似蝼蚁的巢穴
如果你们再不归来　悬崖
火焰和种子　我将把它们交付与
风和浮云　要不就穿在身上误作鸟衣
像乌云一样飞给你们看
或者让它们随风飘散

唯一的一个孩子

唯一的一个孩子
寂寞的孩子　好奇心和胆子越来越大的孩子
像被谁狠心地遗忘而留在北方的孩子
他站在黑暗中观察列车穿越故乡

仿佛沉浸在黑暗中　他的幽暗的脸庞
平静的脸庞　像有刀子捅在心上
却仍然故作平静的脸庞
像峡谷里的一个梦
与一场持久的沦陷持久搏斗
并用沦陷隐藏着自己的全部不安

唯一的一个留在北方的孩子　空列车
满车厢空虚般空空如也的灯光
满列车穿透黑暗却不会再带走什么的
恍惚而迷茫的灯光　在他面前
在他祈祷般平静的招手致意里
一闪而过

记梦者

她梦见许多年前　一个人居住在四面被铁轨
包围着的孤立的岛屿般的房子里
每天　她喜欢把脑袋探出绝壁似的窗户
眺望不同方向反复远去的火车
和车尾那仿佛邻家女孩的哭泣一样
慢慢暗下去的灯光

她梦见自己在蓝墨水般黏糊糊的哭泣中写信
并把其中一封写给本地巫师的信
一封请求他释梦的报告书
误以为是写给星星的情书
一遍遍地揉成废纸团
扔向黑暗而空旷的夜色深处
就像扔掉一堆临近报废期的旧乳罩

她甚至梦见多年前　在北京某个地铁站台的
暗角里给陌生人群唱歌　画肖像
之后在山上的一座孤独的房子里　未经师父指点
练习闭关　被一场突如其来的雷电追逐
而在旷野上像长发飘拂的女鬼一样飞奔着
乌云和白云相互交织的轻盈

她还梦见多年后　在雾蒙蒙的海边
她邂逅并爱上了一个练习潜水的男人
像娼妓一样穿透他的沉默　在水深处与他做爱的
生疏与笨拙　初夜般的剧痛与拘谨
以及这一切之后　她的莫名其妙的一场低泣
和蛛丝上的灰一样扫不干净的失落

而现在　在另外一个靠山的城市里
她和另外一个有着雾霾般孤独的女人合租一室
两个独身女人　共同研究着男人的短处
她却禁不住暗暗地计划着　要离开本地
她将在另外一些地方　一个个地去经历
所有被她不慎记录下来的梦境
或者　那些敌人和星空般
身首异处的往事

像住在本地一样住在外地

每天　细小的旅程在继续
我总是在外地
像滚滚的车轮转个不停
一切皆好　只是太忙

在浓雾频频触痛脚踝的海边约会
在一个或另一个郊外的咖啡馆里
仿佛散步一样　和许多陌生人
像熟人一样喋喋不休地闲聊
像住在本地一样
度过又一个外地的周末

我不慎入住的城市里
黑暗就像小偷一样总是躲在暗处
那里　在一场远光灯制造的车祸里
我已看不到更多的东西　只是等待
视线能够逐渐恢复
就像在北方的星空下
总是有黑暗而清冷的旅程
在黑暗中再一次清晰起来
提示着离乡或者归来的速度

如此广大悠远　　如此令人心旌摇荡

就像我爱的人的速度　　像居住在外地
居住在郊外经营凋敝的酒店
四周闲置多年的空地和杂草
像猫一样　　她独守空房
寂寞重复着寂寞　　看看天上
一颗星星落了以后
又一颗星星　　像她的眼泪一样
悄悄浮现出来

失联之路上的使者

他正在放弃整个大陆
悬挂巨石的峭壁　被滚石反复打击的幽暗的山谷
固定在枯树上的巢被他高高地举起来
他要在濒临崩溃的边缘
在天空的灰蓝不断向一条河流俯冲的地方
把它托付给一棵树
一棵仿佛已经长大的
将要被河流和贪心带往别处的树

他要到大海上去收复那些不断倾覆的
巨鸟之巢和乌云之巢

大海的远方还是大海
他要在那深不可测的蔚蓝和浓雾深处
打捞业已失联的航海者及其全部碎片
他要在那些碎片上
把那些业已消失的面容
雾和海妖从中作梗的传说
从虚无中——雕刻出来

决断浮云的刀

大海的梦想是成为一团乌云
用它蓬松的黑肚膛
压弯龙卷风和彩虹
压弯魔鬼岛屿弓弦般不安分的脊背

就像一头被幻想折磨的大鱼
冲出珍藏着十万个深渊的大海沟
露出自己岛屿般
可以停留彩虹也可以停留龙卷风的
腥气冲天的黑脊背

大海喜欢大鱼岛屿般的黑脊背
它不计得失地穿越着轮船和航海者的碎片
仿佛不动声色的时间之刀　是不用来杀生
只用来决断浮云的刀

雪和雾与大海的对话

你喜欢写雾

是　因为我的心里和身体里
住满了雾

你还喜欢写雪

我相信那些雪坠落的坚实　明确　凌厉
在使更多的雾窒息了以后
它把真相和梦的骸骨带给了我们

你还喜欢写什么

沙漠中的菩提树或巨型仙人掌
和它们开在梦中的泉水
与红色花蕾

你最近写了什么

贫穷的盐和包围着污泥的岛屿
生活在大海和寂寞之中

你最想写什么

我的爱人和我在寒冷的星光下匆匆分手
而为了赶赴大海的一次约会
我们变成了船的碎片和紧抓碎片的大海鸥
漂浮在大海上

第二辑 北方的书写者

北方的书写者

我要用写下《山海经》的方式
写到一座山　仿佛向着深渊的坠落
山上的一座塔　落过很多鸟的尖尖的塔顶
它的原始的鸽灰色　我写下比冬天
更严峻的静默和消沉　写下塔尖上
孤独的传教士和受他指派的人
每五年都要清理一次的
鸟粪　灰尘　星星的碎屑

我甚至要写下整个北方
在四周的山被削平之后
在高楼和巨大的烟囱比山更加壮观之后
在一条河流　三条河流　九条河流
像下水道一样被安顿在城市深处以后

我要写下整个北方仿佛向着深渊里的坠落
以及用它广阔而略含慵倦的翅膀与爱
紧紧捆绑着坠落而不计较死也不计较生的
仿佛坠落一般奋不顾身的飞翔

地道战

我一直想修一条地道　一条让对手
和世界全部的对立面　丈二和尚
摸不着头脑的地道　它绝不是
要像鼹鼠那样　一有风吹草动
就非常迅疾地藏起自己的胆小
不是要像蚯蚓那样
嫌这世上的黑暗还不够狠
还要钻入地里去寻找更深的黑暗
然后入住其中　也不是要像在秦岭山中
那些穿破神的肚子的地洞一样
被黑洞洞的羞愧折磨着　空落落地等待报应

我一直想修的那条地道　在我心里
已设计多年　它在所有方位的尽头
它在没有地址的地址上
但它并不抽象　反而十分具体
比如它就在那么一座悬崖上　空闲的时候
有一种闻所未闻的鸟就会飞来
住上一段时间　乘机也可以生儿育女
如果它是在某个峡谷里　那些消失在
传说中的野兽就会回来　出入其中

离去时不留下任何可供追寻的踪迹

比如一个人要是有幸住在那里
只能用蜡烛照明　用植物的香气呼吸
手机信号会自动隐没
比如只有我一个人　才谙熟通向那地道的路
那些盯梢的人　关键的时候被我一一甩掉
他们会突然停下来　在十字路口
像盲人一样　左顾右盼
不知所措

我一直在修造着这样一条地道　或许
临到终了它也派不上什么用场
或许有那么一天　其实是无缘无故地
我只是想玩玩自己和自己
捉迷藏的游戏　于是去了那里
把自己藏起来

安顿

你看到的这个世界　一切都是安顿好的
比如一座小名叫作孤独的山
已经安顿好了两条河流　一条河
在山的这边　另一条河
在山的那边　还安顿好了每条河中
河鱼河鳖的胖与瘦
以及不同于鱼鳖的另一种水生物种
它的令人不安的狰狞
天上飞什么鸟　山上跑什么狐狸　鼠辈
河湾里的村庄　老渡口上的古船
这都是安顿好的

你看到的这个世界　安顿好了似的世界
还有厚厚的大平原　有一天让你恍然大悟
住得太低　气候难免有些反常
而你也不是单独在这个世界上
下水道天天堵塞　许多河流　在它的源头
在更远处是另外一回事　许多的泥泞
和肮脏　只有雷电和暴风雨才能带走

你看到的这个世界　被一再安顿好的世界

今天令你魂不守舍　你必须安顿好
愤怒的大河从上游带下来的死者
河床上过多的堆积物　隔天就发臭的
大鱼　老鳖和比钢铁更坚固的顽石

你看到的这个世界　别人都在安顿自己
你也要安顿自己　但这并非易事
你必须在嫉妒和小心眼的深处　像杀活鱼一样
生吞活剥刮掉自己的鳞片
杀掉自己就像杀掉另外一个朝代的人
杀掉自己就像杀掉
一条鱼

接下来　时光飞逝
可能大祸临头甚至死到临头了
你依然是一个魂不守舍的行者
还在路上　为安顿好自己
还有世界内部那地道一样多疑的黑暗
匆匆赶往别处

协调者的峡谷

我曾是一个赶鸟的人

在北方的群山深处　从一座巅峰

到另一座巅峰　从一座峡谷到另一座峡谷

从一座树林到另一座树林

不断协调鸟与鸟

与树林子　与庙宇里冰冷的神和热气腾腾的香火

与潜伏在荒草中的属羊人和属虎人的关系

我甚至还得协调日月星辰

及它们之间的关系

协调一场雾到来或离去之后

它们之间的关系

我不仅仅用棍棒　同时也用语言

那些听着我说话长大的鸟

有时候会成群结队

飞向南方

（如果路过秦岭不慎折翅而死那是另一回事）

在南方　鸟们落下去的地方

总会叫醒那里的一些山水

另一些山水　继续着一种古已有之的睡眠

喜欢啼叫的鸟们
也会无奈而沉默地在寂静里
走一走　并不惊醒它们

我曾经长久地在北方的高山里
做着赶鸟的工作　与鸟对话
等待各种不同的鸟
自各种不同的季节　不同的方向
飞来又飞去

一架飞机在愤怒的雾和雪中下降

雾在高空是愤怒的　和寒流
和雾　你追我赶纠缠在一起的雪
不想轻易自高空落下去的雪
十分像雾的雪
看样子也是愤怒的

我曾经多次乘机经历这愤怒的雾和雪
我曾经目睹误入高空的黑鹰与白天鹅
怎样被折断翅膀甚至脖颈　怎样
在冰雪和寒流的中心沉浮　我能猜想
那些被冰凌一寸寸灌满身体的天空之王
血肉的冰块　一定是在碎了又碎之后
惊魂未定地向着无名之地纷纷坠落

愤怒的雾和雪　有时也会折磨一架飞机
就像折磨那些飞过了头的鹰和天鹅
一架落不下的飞机是恐惧的　一架飞机
被愤怒的雾和雪阻隔在天上
那重复而无果的俯冲　让你的血和心脏渐渐变得僵直的
某种类似被撕裂的震撼
仿佛上帝正在上演一场有关死亡的游戏

一架飞机在愤怒的雾和雪中下降
生与死只在一瞬间
只在上帝对重与轻的关系恰当与不恰当的
轻轻一拨之间

属于你的雪会慢慢落下来

属于这个世界的雪会慢慢落下来

饱受羞辱的世界在十字路口等待着　被傲慢的翘肚皮
所折磨的旧衙门的旧门牌在等待着
包括去年　前年就开始堆积的那些斑斑劣迹
不时发出鱼吐泡泡和老猫逼鼠的
心神不定　跃跃欲试的比交配更响亮的咔嚓声
它们期待着在雪中　被那些莫名的潮湿
那种一刹那比一刹那更致命的潮湿所激动

属于这个世界的语言的雪会慢慢落下来

雪慢慢落下来的速度就是语言的速度
语言的雪或者雪的语言　慢慢地
剔除着事物中黑暗和卑污的部分
雪的语言还将剔除语言中像雪一样毛茸茸的部分
去除掉全部松软和缺乏节制的修饰
把整个世界变成一个有点冲动也有点霸道的动词
一个强大的动词或者有着动词般质感的名词
诉说着雪　比名词更精确比动词更敏感的雪

秦岭七日

第一日　你看到了几乎难以逾越的杂草与藤蔓
它们略显过分的稠密与茂盛
像一个似曾相识的下马威
强调了某些同样似曾相识
但却未名的徘徊和犹豫

第二日　你看到与山岭沆瀣一气的
巨石以及其中与时间的某个性格侧面
暗合的裂缝
（这种情景将一再出现）
它引导你不断走向绝路
或者另一座与巨石同在
让想象力如同体力一般
渐渐弱下去的山

第三日　第四日　第五日　第六日
你迷失在一个或无数个
被巨石和森林围困着的峡谷里
除了退回去的路
不见天日　不闻鸟鸣
水滴穿石的声音　像你渐渐慢下来的心跳

在不知名的深处悔恨地嘀咕着

第七日　在秦岭外围
搜山者打断了一片草茎和几根藤蔓的骨头
之后纷纷离去
你失踪的消息　像一股洪水
在电视　报纸　互联网和亲朋好友之间
以各种各样的版本越蹿越高

之后　像海上曾经涌起过的暗潮
像夜间山谷里发生的一次小规模山崩
像从未发生过的一件事情
一切终将归于寂静

我又捕捉了一个怪物

这一带的山上　老虎早已死光了
鬼鬼祟祟的狼也已消失多年
传说中吃鬼但不吃人的老黑熊
在被不屈的猎人取走了黑熊胆以后
抱着一大团失控的肥肉瑟瑟发抖
像一个巨球一样滚入山中摔死了

之后这个人来到山上
捕捉怪物　很多年中他四处奔走
居住在地层和巨石裂开的暗处
像个野人　也像个山神
传说中的怪物一个个秘而不显
很多年中　这个捕捉怪物的人
费尽心机却一无所获

这个捕捉怪物的人　不屈不挠的人
有一天正午曾像一个怪物一样来到城里
浑身散发着怪物的臊味　与我有过一面之交

看着他的怪物模样　我有点尴尬
"我又捕捉了一个怪物！"想了很久的这句话
我临到终了也无法出口

和镜子睡在一起

一只白天鹅
（也许仅仅是一个类似的白乎乎的事物）
和它的不太真实的白
在秋天的天池里
在比新疆还远的地方
和镜子睡在一起

一块有弯度的巨石和它的黑青苔
和一大堆白花花的鸟粪
在大河上空的危崖上
在古代的风中　在一只试图确定
飞翔姿态的鸟的翼翅下
和时间睡在一起

一条蛇在丛林中蜕掉白皮
（这一切只是在想象之中）
追逐一只饥饿的老虎未果
在迷失了返回洞穴的道路之后
由于恐惧而仓皇逃窜
天黑之前它要赶到旷野上
和乌云　月亮睡在一起

我父亲和他的白发
以及他的黑皮中的白骨
今夜在故乡的梦中和我的梦中
闪着无处安放的白花花的寒光
和某种难以名状的忧伤
和北方的群山睡在一起

阴影

一座太过高大的山
（譬如连飞机和浓雾都难以到达的珠穆朗玛）
你无法观察到它的阴影

一只飞得太高远的鸟
（如果它像飞机一样　喜欢飞到云层之外）
你无法观察到它的阴影

一座大海因为有着近乎无限的宽阔的蓝
（以至于有一条鲸鱼正在深海的黑暗中嬉戏）
你同样找不到它的阴影

但如果你的内心里住着阴影
（如果你想像清除杂草一样清除掉它们）
你必须远赴他乡找到山的阴影　鸟的阴影
和大海的阴影

故乡与珍珠

1

我曾经见过火中取铁的人

那是村上的刘二铁匠　烧红的铁

他可以从炭火中猛地抓起来

扔到铁砧上狠狠地锻打

那是一个一辈子没有出村的人

一辈子挥舞着铁锤　打出四散的火星

终生未娶一房女人　一辈子把铁攥在手心

然后狠狠地扔下去　扔进熊熊火焰

铁青色的脸　锤起锤落的那个狠劲啊

多少年后依然令河山震撼

把我从城市深处的梦中

一次次地扔出来

2

我曾经结识过一个在野山丈量土地的人

他精通采摘各种野花的秘密

这个神秘地笑着后来又神秘地失踪的人

私著《藏花经》一部　我不小心偷窥其中一二：

好花如珍珠　摘其灿烂者要如临大毒

千万不要用脚踩它　千万不要损伤它

夺人肺腑的香　要小心翼翼地采摘
小心翼翼地带回家　以清泉好生供养
三日香不散者可寄魂　七日瓣不凋者可赋身……
而我终归是一个粗鄙的人
从此以后　见花如临大敌
抱头鼠窜　仿佛被一种销魂的异物追赶
直至有一天彻底逃离故乡

3

我曾经自学占星术　试图在故乡的什么地方
获得一颗来自天上的珍珠
却被告知：珍珠要命　不能得

天上的珍珠　无论它放在什么地方
无论它在野外放光
还是不慎跌落于看不见的暗处　甚或
被埋入连用场也派不上的土地里
谁也不要轻易碰它
碰珍珠者必死
犹如大祸将要临头的这句谶语
令我仓皇之中扔掉了占星术　两手空空
像一颗土豆一样永远滚出了
那个名叫珍珠的村庄

挖掘机

我的挖掘机在挖着树根
比旧世界还陈旧的古宅子
那些幽灵和鬼魂
像一头猛兽
它的牙齿摇晃着锐利的铁　撕咬着
深入大地千尺之深的根
（多么巨大的根　被一块块地剥掉了皮
也像怪兽一样　狰狞而凄厉）

那千丈之高的树啊
此时就像纸做的一样　毫不华丽地
在瑟瑟发抖中倒伏
（而它在风中的摇曳曾经是
华丽而雍容的　它对鸟甚至云的
支持曾经是威严的　秘而不宣的）

我的挖掘机不害怕雨水
也不知疲倦　它经过几乎所有的地方
森林　草地　河流
以及镜子一样湛蓝的沙漠里的海子
它还计划要一步步逼近南极　北极

它要挖掘那些冰山　挖出那些
深藏冰中的白熊　黑企鹅和老得
已经发不出两声咳嗽的极地鲸王

我的挖掘机和我不一样　它没有同情心
它追赶着那些搁浅在沙漠里
无奈哭泣着的鳄鱼　它追赶着
狮子和大象　在树林子之外
在热带之外　让它们不知所终地整日行走
悲壮而凶悍地走向地平线之外

我的挖掘机和我不一样　当我又一次
抚摸着又一棵倒地而死的千丈之高的树
满含泪水　它却如入无人之境一样
它就像一头终日饕餮而不知满足的
猛兽一样　它不停下来
披星戴月　继续向前

我想去的地方

我想去的地方
四周要有一些或大或小横七竖八的山
大鸟落下来不觉猥琐　小鸟落下来不觉害怕
乌云在山顶上不停地徘徊
它高兴的时候天能蓝死人
它哭泣的时候天就落下一场好雨
偶尔它也可以闹点淫雨霏霏
淋塌几座山的同时也淋坏了很多鸟

而我居住的地方　地要多厚就有多厚
它要盛产各种各样的蜜汁　传说　少量的怪物
传说这蜜汁像毒药一样
曾将一个又一个朝代
溺死在荣华富贵和风流妖娆之中
传说怪物曾先后吃掉过几个古代的小皇帝
比蜜汁还多的流言　像野蜂野蝴蝶
野鬼野妖一样花枝招展闹嚷不休
但这些古代的事情传说的事情听来令人心烦
如今我只想好好地待在这里　我只要
如同雪　雨　花和种子一样分明的四季
其中比较偏爱成熟季节　小麦　石榴和少量的稻谷

像即将生产的阴唇一样向外翻卷着
不动声色的累累籽实　粮食太多
乌云太多　鸟儿太多　懒汉太多
罂粟花开得太多　沤坏了粮食一囤子
糟蹋了米面儿盆子　偶尔也变坏了小男人三两个

我想去的地方　就是皇帝特别想去
去了就赖着不想离去的地方
是火车想去的地方　是飞机想去的地方
是宇航员出游太空之前特别想来走走的地方
是时间也想放弃掉拥抱虚无的面具
变成一个质朴安详的人而直接奔赴的地方

孤独的女孩喂养一只老虎

孤独的女孩养不了花
她的内火太盛　一盆花
不管浇多少水　洒多少露
一个星期才刚刚到头
就茎蔫叶枯地窒息了

孤独的女孩养不了花　就开始养老虎
她像养一只宠物似的养老虎
却发现养老虎最好的办法是饿老虎

在牢笼里久久地饿它　困扰它
远远地　用沉默和它对视
饥饿难耐的老虎　到头来
不仅吃肉　而且也会饥不择食
大口大口地吞吃蔬菜和草

孤独的女孩子喂养的老虎
吃肉吃草也吃蔬菜的老虎
饥饿万分的老虎
更有活力　甚至比一般的老虎
有着更多的疯狂

清扫梦魇与生活的方法

你必须老老实实地带好扫帚　假装只是带了一把团扇
在生活的纵深地带　一步一步前往更深的地方
经历那些仿佛梦中所见　近乎崩溃的生活和身体
那些时装店门口被撕碎的
明显带着几分放荡的　赤裸裸的塑料女模特
路遇卖花的老妪拦路摇曳一束玫瑰
或者她刚刚离去后满地的落英
你一定要沉得住气　假装自己已深受迷惑
假装自己和自己不小心纠缠在一起
然后迅速闪过去　或者让别的倒霉鬼闪上来
但如果接下来你仿佛终归要倒霉
不慎遇上了逃跑一样飞奔而来的渣土车
它们一路抛撒着一些来历不明的
比碎玻璃更难对付从而更凶险的残渣
陡然增加了清扫的难度
这时你必须停下来　弯曲身体清扫它们
这条路是不是你回去的路
或者是不是不久以后你出去时要经过的路
这条路是人走的　虫走的　甚至鬼走的
都不是你需要关心的问题
重要的是　你必须弯腰清扫它们

就像清扫一场长着毒刺的梦魇一样地清扫它们
就像清扫一条故人已安然入睡的路
一条天鹅寻春　或者天鹅一样纯洁的人
伸出隐匿一生的翅膀
向着天堂款款飞去的路

炼金术

我是一个不屈的人　历尽多年周折之后
在一块被冻裂的巨石内部
我提取到了很多哭泣与几乎可以忽略的剧痛

我还是一个颇具神话色彩的人　趁粗心的园丁不注意
在被铁和玻璃控制多年的一棵树
和它委屈地开放着的花蕊中
我搜索出一个失踪的婴儿和一个说谎者
被钝器从后面击破的颅骨残片

其实我真正的身份是一个密探　精通炼金术
一直准备着远赴他乡开山炸石的行程
我将是那个走遍世界　比江湖传说还要神秘的
掌握着全部炼金秘方的人

中年自画像

在大海边住下来虚掷青春　在大海边
喝了整整十年（一个世代之久）海水
我曾被一种无人认识的怪物鱼咬过几回
跳到海里时被蓝海藻纠缠过几回
（有次还险些被拖下深渊）
我曾拜托水手和信天翁寄往海上的信
一件件石沉大海　喝着海水的等待
让海水拍打着的等待　没等到白了头
却让头发慢慢落光了后脑勺　露出葫芦之美
而一只从北方带去的蓝釉瓷杯
在逃离一场梦里袭来的海啸时
落地而碎　让我喝了一肚子海水的一个梦
以及与大海同样湛蓝的一堆瓷的碎片
同时葬身海底　让海水搓来搓去的黄肚皮
人到中年也未变成海青色的蓝肚皮

在大海边虚掷了全部青春　中年回到了北方
那最容易放弃怨恨也放弃伤怀的高纬度地带
如今我住在抬头就可眺望秦岭的地方
住在很多人天不亮就来打水的水井旁
住在一条隐姓埋名的河（南方叫江）流经的地带

我的不远处有一家戒备森严的飞机制造厂
稍远处据说还有一个秘密的航天器试飞基地
认识一些造飞机的朋友和一些精通
航天飞行秘密的人　如今是我肚子里
除了海水之外仅有的一个小秘密
现在我每天的工作就是有点失魂落魄地
守着我的小秘密
像一个疏于耕种的邋里邋遢的远乡农夫
每天无所事事地傻等着　每天睡很少的觉

一个翻山越岭　连滚带爬从海边归来的人
一个被大海和它虚无的湛蓝淘尽了青春的人
灰溜溜地回到了秦岭以北
如今已不事精耕细种的北方
一肚子瓦蓝瓦蓝的海水没处吐
朝朝暮暮近乎吊儿郎当的悠闲里所深藏的
沉默和近乎荒唐的小秘密
也没人知道

第三辑　蓝孩子的七个夏天

沙漠上的海子

你看到一个男孩在奔跑　头也不回
一定是风迷住了他
他也许是一个离家出走的孩子
没有太多的理由　只因为贪玩
就像此时我对他的注视
就是说因为一次逃学　或者被父亲毒打
过后
我可以肯定
风的凉爽使他着迷
恐惧或者比恐惧还重要的东西使他着迷
使他在目前的道路上越走越远
这男孩奔跑的样子有点古怪
半弯的身体　那种显得笨拙的倾向性
像在享受一种介于逃跑和追赶之间的味道
又像是一枚问号　未发育成熟就不得不出生
我猜想他不是来自中国南方
也不是来自北方某个村庄
要不然他怎么会跑这么远
在一座古原上
一座甚至连祖国也不一定熟悉的古原
乱石像宇宙的骸骨一样到处丢弃

群山终止　草原看样子已在传说中死去
他跑到这样荒凉的地方
要是继续下去　他应该遇到海子
沙漠中的海子
不能养鱼　不能划船　也不能啜饮
那男孩（或许换上我也一样）
巨大的海子突然绊倒了他　海子呵
那一大块捉摸不透的镜子
它吸引他驻足观看自己　鸟　动荡的天空
镜子毕竟是镜子　自有其厉害的一面
第一次　那男孩想知道
自己和世界是在什么方位
我是在正午时候目睹了这一幕
临近黄昏时我突然想起
这孩子最终消失在太阳回家的路上
此时他也许仍在奔跑　像夸父哥哥
也许已经渴死　也许到后来追不上太阳
要通往另一个海子　半途上
他又饿又累　气短脸白
枕着星光不知不觉就进了梦乡
也许有一天　我的宁静会被打破
一大群陌生人突然找上门来
热泪涟涟　他们打听那男孩的下落
但我不会轻易走漏风声　一个观看者
我在想　一些石头要居住在远方

一些人要在我们之外
我们的另外一种家园　它们就像先知
喜欢沉默

蓝孩子在树上偷运鸟巢

蓝孩子　像大海一样通体透蓝

大海被灯塔照耀的暗蓝
大海饱经阳光和浓雾侵袭的灰蓝
大海被巨轮像耕耘一样划开的蓝肚膛
大海被地平线和悲伤的星辰
一遍又一遍填平的泛着巨大泡沫的黑肚膛
都是蓝孩子的蓝　像海岩一样坚贞不渝
也像大海一样变幻莫测的蓝
难以被小人和恶魔掌控的蓝

而在大海的远方　隐忍着尘世之痛
蓝孩子在独自一人偷运树上的鸟巢
这是一项好奇而危险的工作　危如累卵
他必须像一个老牌搬运工一样镇定自若
他必须胆大心细已将生死置之度外
那些鸟巢　他要把它们安放在星辰之中
安放在月亮和它的桂树上
安放在星云像鸟群一样飞翔的
宇宙之中

在树上向星辰之中偷运鸟巢的蓝孩子
星辰之树的规划者和设计师
他要鸟　飞机和航天器
从他蓝色的兴庆湖边起飞

他要鸽子　鸟群甚至蓝孔雀华丽的笨拙
从星辰之树的浓荫中
从他偷运而来的那些换汤不换药的鸟巢中
成群结队　飞来飞去

使者的赞美诗

在雷电枝形的火光下
他行走着
大喊大叫
与即将来临的暴风雨一样有点兴奋

我了解这孩子
这个爱旅行的孩子

他刚刚从远方带回花束
春天
更早时候一个雨雪天气　他是铁匠铺的学徒
一边打击着飞溅的火星　一边写赞美诗：

春天在大海和云朵之间运送幸福
而夏天　星星的花蕊烧红了全部苍穹
天空硕大的葵盘下垂着　像母亲的肚皮
不仅接近了生活而且构成了生活本身

一只鸟掠过一座雨水中试图觉醒的花园
掠过我的手臂和歌唱之间
飞往更加热闹的别处

雷电枝形的火光
在夏天的浓荫之上
在他的前方

爱美的独来独往的孩子呵
我了解他

他曾经的平静和蔼
来自对生活狂风的平息
但他真心地喜欢着——
真正的狂风
和哪怕是响彻天顶的熊熊烈火

使者般清亮的面孔
在雷电照彻的郊外或明或灭
此刻　真正的无人之境
他要把全部的痛苦隐藏在暴风雨中

春天或蓝

白昼折磨着天上的月亮
天空空虚的蓝
折磨着一架直升机
我的沉默和一架玩具起重机的颜色
强调着今年的春天　它的荒凉和鲜艳

堕落与美好　呵春天
从浅蓝到深蓝到黑蓝
仿佛一场假设的死亡
一个摘掉面具的男孩的命运就是
他正被无限制地拖下
一个去年就被白天鹅遗弃的湖泊的
深水

一种更深的蓝　一种由直升机
和天空频繁发生关系
而不断发出受折磨的嗡嗡声的春天
一种同时包含着同情和坠落的
属于这男孩的命运

而我相信这男孩　他的狂暴的身体

正在深蓝中的平息
我相信在被尘世的睡眠遗忘之后
他曾有的困惑　他对黑蓝的倾向性
就是他要心甘情愿地被拖下去
把自己置身于真正黑暗的湖泊中
在那里　像面临最后的结局
他渴望白昼降临

好向天空索取干净的蓝　更多的
比春夏之交的蜉蝣还稠密的
像突然暴发的蓝藻一样性感地勃发的
像倾向于死亡而不可救药地下垂着的

蓝

雾和逃逸者的阴影

又一次　当生命中多余的部分微微发胀
一个人试图写出暗中含水的诗句
睡眠之外可以预见的自由自在
（我是说作为一个男人
我倾向于这样开始　有雾的早晨
和并不明亮的一天）

我不管雾的颜色是白色还是灰色

在诗里我写道：想起另一个早晨
也是大雾弥漫　露珠和它的焦虑在空中回荡
我目睹了一座花园和一场雨水的死亡
我还知道一种命在旦夕的汁液
为了完成设计于血中的迷宫
已从更深处出发
（一个命中注定的猜疑者
和我一样　他是否已经知道
一些人必须在这个时代走得更远）

我甚至设想着如何在浓雾深处秉烛自明
以及对那些前来观看者的告诫词：

大雾中的火是脆弱的　　火光是懦弱的
脚步是犹豫的　　决定性的行走
及其方向性是要费一些周折的
清醒的观察需要受伤者和某种耐心

（而雾为什么会越来越浓　雾呵
显示着梦境　梦里的行人
和逃逸者的阴影）

但毕竟我也是人　诗歌之外少言寡语的人
我是说："我的倾向性是摆脱雾，
一味地写诗（哪怕含着水分）是一种绝症。"
我倾向于朝前走　在一个清和的丽日
我要回到一束光的灰尘中并低声哭泣

——不是因为雾而是由于空荡荡的美

南方　北方

我心中的北方其实是一种水
从石头中挤出来
从男人的身体中挤出来
我喜欢它的不修边幅
喜欢它莫名其妙地
把自己寄存在风中

我心目中的南方也是水
而且是更多的水　多到不可收拾
因而有些颓废也有些迷惘的水
在比低地更低的低处
在鱼可以像人一样呼吸并说话
有时候也肚白朝天
不明真相地死亡的地方

南方　北方
我曾去过的地方
有一天我已老了　走不动了
整天耷拉着眼皮
我也知道的地方

女孩用钢筋打水

六个指头的女孩用钢筋打水

六个指头的女孩　羞愧难当
受折磨的女孩
在海边用钢筋打水

海边的水　六个指头的女孩
用钢筋打得飞起来的水
和飞起来的透明的夜色
惊醒了一个醉汉

六个指头的女孩　粗暴的钢筋
飞起来又落下去的海边的某种蓝
让一个醉汉情不自禁失声大哭

让他吞食了大量的海水　饱蘸着
星光但透过夜色仍然蓝在其中的海水
让一个醉汉不停地放声大哭

六个指头的女孩　被羞愧
深深地伤害着的女孩

海水就是她的泪水

粗暴的钢筋在她手里
六个指头的女孩　　不顾风车转呀转
不停地抽打着海水

变成一条鱼的构想

我要变成一条有个性的鱼

两腿要变得轻盈
并渐渐合拢
渐渐长成鱼腥味的大大的尾鳍——
我不拒绝这起码的变

浑身的鳞甲也不能少
我甚至还深深羡慕着
这大海馈赠的装束

但我要留下我曾是一个人类的眼睛
在深海里　我是鱼
但我仍然能用人类的眼睛
打量海　海的世界
和那无边无际的鱼的世界

我还要设法保留我的手
哪怕是在暗处

在我离岸为鱼前

我要用我残存的手
最后一次摸摸我居住过的大地　人的
大地　而在大海里
我要用我鱼的手掌
一遍又一遍地抚摸
映入大海中的云朵
和云朵之后幽蓝的天空

我是鱼　我不想再说什么
不想再有语言
但我要用手掌暗暗地推动波浪
波浪碰击海岸的声音
是大海的声音
是我居住过的大地的声音
我想念的声音

我要变成一条有个性的鱼
一条也许在海里和鱼群里被当作怪物的鱼

不安瘫痪舞曲

故乡

我的故乡在大海中　在蓝颜色的鲸王
嬉戏的鲸王喷起的又大又美的泡沫中

（有一天当大海业已干涸
鲸王被搁浅　在深谷似的大海沟里
它的哭泣　就是异乡人在异乡的哭泣）

我的故乡在浓雾如大海般笼罩的
干旱的蓝中　在风向标
和细长的飞鸟驻留的高地上

（在空空的行囊被风晃动　在双唇皴裂
命里缺水的异乡　干旱的蓝
那是在风中动荡的蓝　那是在鸟翼下
大气磅礴而又惆怅地展开的蓝）

我的故乡在一头牡鹿倒地而亡的沙丘上
在母亲小小的灯盏　照着沙漠上的海子
照着风也照着她荒凉的白发的地方

（母亲　请告诉您和您的灯所在的大地

请大地点亮它宽宏大量的灯盏　在蓝中
展开一条条灰白而细小的还乡之路）

我的故乡在一棵稀有树种站着的地方
在白丁香　雨水的香味
和一声类似狼嚎的野性号哭
渐渐消隐的地方

异乡人

春天迎来了郊区的挖掘机
冻土层里柴油的味道
石灰面粉般遍地皆是的白
你—— 一个异乡人
必须撤退到更远处
更多拖沓而令人满足的明天
你陌生而孤单的徘徊要继续期待

这是早就计划好的
在工厂的厂房盖好之前
在炭火和电让整个市镇睡眠不足之前
在地底的火焰被铁筒吸干之前
你—— 一个略带倦意的异乡人
光有你的湿度还远远不够
你带来的泥泞里缺乏水分
你拆掉又搭起的简易窝棚里
还缺乏足够的雨　或许作为画家
你颜料的臭味和汗的臭味也不够

必须有更多的异乡人蜂拥而来
然后再向外撤退　就像你的离去一样

就像卷尾巴的狼离开树林子一样
这是早就计划好的事情
春天发潮的蓝图上　太多的建筑工地
堆积着太多混乱不堪的钢筋
你用画稿无偿上报政府的那几座动物园
几个广场　还有另外几个大型的植物繁育基地
在所有红色箭头指定的地方
仍然踪迹全无

春天迎来了郊区的挖掘机
火车站和飞机场犹疑不定的脸庞
洁净的候机大厅里　一只意外飞来的苍蝇
应和着更远处田畴里一只青鸟筑巢的哀鸣
预告即将到来的夏天

还有你　一个异乡人
可能独自奔赴而去的方向

蓝孩子的七个夏天

1

灰色宝塔亮光光的尖顶
高耸在灰蓝的天际
仿佛高耸在梦中

在放弃的天下
凄厉无比的星光搁浅
浓雾和谎言搁浅
大地　散尽油脂和盐碱的大地
朴素端庄的石头因为消化不良而搁浅
肢体被截了又截的树
因为过分地反抗了死亡　也被搁浅

在放弃的天下　同时被搁浅的还有时间
而时间也在它的有囊肿的腹部搁浅着
一场遥远而苍白的大雪
躲在废品仓库里的一列老火车
一个熬到了报废期的老式汽油桶搁浅了
历史内部一次大腹便便的爆破

和通往大风的捷径上　沿着电波

那些寻找风向的鸟
飞来飞去地恸哭

2
凭借树叶的密度和花毛虫的机警
一个冒充成人的孩子看到了
青果为何发疯般满地乱滚
因为欲望而浮肿的嘴唇　为何发疯般
在无家可归的路上相互撕咬

一个玩花毛虫的孩子看到了秘密

镀金的预言是假的
但镀金的预言的毒药瓶是真的

还有被雨季密封的雨水
死者面孔中一束勃发的野花
盲人面临的道路
它们是真的也是假的

它们是一个男孩过早窥破的
不能渴饮也不敢轻易丢弃的
预言的毒药瓶的
秘密

3
天狼星高呵

幽暗的星辉高得令人心惊胆战
沿着它指示的方向
失败的少年在狂奔
少年心中的天狼星在狂奔
古老的河床上腥气十足的
洪水在狂奔

妖冶的天狼星高呵

在同样妖冶的星辉的下面
少年在哭泣　肉体在狂奔
他面前瓷盘里蓝色的黑暗在狂奔
一次致命的晚宴的尾声
由于没有主人而面容苍黑
在毒性大作中狂奔

月亮和矢车菊在狂奔
失节的经血灿若罂粟
刺人心目的殷红在狂奔

预言潜回到它尘世的影子里
失败的少年大喊着　仿佛一个幽灵的追赶者

在古老的天狼星下
他变成了刺人心目的小红人
烧红了自己归巢之鸟般诚恳的心脏
和一座遗弃在时间胸腔里
的空荡荡的山谷

4

月亮　今夜明洁如玉的月亮
你怎么熬干了那么多的树叶
今夜你要变成灵鸟　自上而下地飞
今夜我设计在眉额中的陷阱是你的去处
今夜你要夹住尾巴　将自己藏好

今夜　外省武侠和剑芒的光辉将威照
北中国的版图　猫发情的四月
公马嘶鸣的高地　燕尾般分开的悬崖
普天之下　普世之中
草叶阴毛一样剑起而指的裸露

月亮　明洁如玉的光芒
今夜刀片要打开内部肮脏的女孩
今夜开始　身体内部被刀刮亮的女孩
她不再喜欢染亮指甲　月光下一个人偷看
而是喜欢染亮指甲的季节

月亮　明洁如玉的月亮
今夜你的光芒要把这世界好好收藏

5
大陆背后远逝的人
今夜列队归来了
以树叶和月光做掩护的孩子注意到
他们带回来一张旧地图
和一种奇怪的疾病

大陆背后像影子一样列队归来的人们
他们乘着夜色行走　悄无声息
以树叶和月光做掩护的孩子注意到
这些多年外出而寻找未果的人呵
他们神经质的表情里不含悔恨
也没有哀怨　他们还在寻找

可以水洗尘土与雾霭的方向

6
星星是蓝的　灯塔是蓝的
天空是蓝的　沙漠是蓝的
大海是蓝的　河流是蓝的
湖泊是蓝的
死亡和它浮肿的四肢也是蓝的

蓝色的背后　在蓝的更深处
所有逝去的亡灵开始酝酿复活
橙子般密布的眼球在千篇一律的悬浮中
吵吵嚷嚷地向外窥视着
世界的粗尾巴不分青红皂白地打击着
一道道即将崩溃的界限
和崩溃之后
黑布似的大野之上

那怪物般不可控制的
黑布　除了黑布还是黑布的
静呵

7

百年之后　以尘世中万事万物的名义
选择好日子
蓝色的文静的大神开始呼吸了

在灰色宝塔的亮晃晃的尖顶
被灰蓝色的橙形圆球击毁之后
深蓝色的狂热的头发自梦的深渊探出
自大水和大地的腹部探出
舒缓地起伏

蓝色的文静的大神

代表尘世中的万事万物开始呼吸了
尾巴高高翘起

蓝星嚎叫　蓝色的星王嚎叫
在充斥世界头部　颈部和腹部的
万劫难复的蓝中
方向向下　蓝色向下
选择树根的湿度作为栖居之所
而图谋失传的万事万物向下

百年之后　选择好日子
蓝色的酋长像世所未见的大鱼
在经历了所有的深渊之后
大尾巴的大神自世界的心脏跳跃而出
在蓝色的天　蓝色的地　蓝色的大水
蓝色的万物之中奔走相告

百年之后　蓝孩子和他的骸骨
在终其一生的狂奔和追逐之后
将在无边无际的蓝中归于平静
整个世界也将毫无方向地坠入——

平静的蓝
大灰狼大尾巴的蓝
大日如来大车轮一般目光炯炯的蓝

黑暗也是一个孩子

满屋子的黑暗都睡着了
在母亲和她的
红布下

满世界的黑暗都睡着了
在母亲和她的
窗户下

满天的星星也都睡着了
黑暗中　发出蟋蟀和蚱蜢
震响四野的鼾声

黑暗中　只有母亲醒着
她的手掌亲切地抚摸着
四周的黑暗　需要一盏灯
点亮的黑暗

黑暗也是一个孩子　母亲说
上帝死了
黑暗需要人的照看

异乡人的潮汐

告别的时候
异乡人的潮汐
就是一大缸沸腾的机油
在机器的深处烧灼着铁

在一条断流的大河上眺望时
异乡人的潮汐就是一群崩溃的星座
在另一个人类的地球上堆放着
类似光线的尘埃

在一个秘密的房间里
在空虚和失眠之夜
异乡人的潮汐就是梦魇之手
隔着厚厚的玻璃窗拍打着什么

当浴盆被安放在冬天的郊外
异乡人的潮汐就是全世界的油垢
在需要洗涤的灵魂和诗章里汹涌

在每一个光明的白昼和黑暗的白昼
都有异乡人的潮汐在独奏　犹如大海

用它丰富的泡沫和礁石上的哭泣
直接抵达了世界的内心

犹如一只光明之手不太小心地一插
就进入了美人鱼的内心
和一只小海妖海水般丰满的内心

北方那些蓝色的湖泊

越过黄沙万里　山岭万重
就能见到那些蓝色的湖泊
那是星星点灯的地方
每天都在等待夜幕降临

那些只有北方才有的不知来历的石头
在湖边像星座一样分布　仿佛星星的遗骸
等湖泊里的星星点灯之后
他们将像见了失散多年的亲人一样面面相觑
不由分说偷偷哭泣一番

我相信那些湖泊同样也在等待我的到来
等待我不是乘着飞行器　而是一个人徒步而来
不是青年时代就来　而是走了一辈子路
在老得快要走不动的时候才蹒跚而来

北方蓝色湖泊里那些星星点亮的灯多么寂寞
湖边那些星座一样的巨石多么寂寞
它们一直等待我的到来　等待我进入垂暮晚境

哪儿也去不了　只好把岸边的灯
和那些在巨石心脏上沉睡已久的星星

一同点亮

玩具城

我是旧时代的孩子　在废弃的城堡的窗口
我要讲出令你口渴难耐的故事——
铁一样出色的狼群
獠牙似的月亮
火鸟怎样一片一片偷走黑森林
草原和她罂粟般鲜艳的公马

我也是你们时代的孩子　但
关于这个时代　我无法从容讲述——
从铁到铁（地下　地上和空中）
从城到城
从大楼的一层　二层……一直到第一百层
镜子的迷宫　迷宫似的镜子
镜像　孩子们的脸一边是父母给的
一边是玻璃和另一种类似的材料做的

我是你们时代的孩子　疑惧
顾虑　穿梭于镜像的迷宫
没有家乡也没有方向

我是梦的孩子　我的梦

是大力士的梦　世界

是我梦中轻如鸿毛的玩具城——

一千座帝王城堡的阴影被我涂成白色

铁和树根是一样的

不仅在身体以下而且在整座城市以下　扭动

羞愤难当的湿度

蛇盘兔的湿度

镜子是花园里种出来的　把光亮

成倍成倍地放大

投射到狐狸的陷阱和鹿的

心脏并未停止搏动的陷阱

我是梦的孩子

我是世界的孩子

我居住在我的玩具城里

第四辑　生活在祖国远方的石头

疆域

从贺兰山到秦岭
（向北挡风　向南挡雨的两座神山呵）
从巨石到巨石
越过一条咆哮的河流
和另外几条不咆哮但有些异样的河流
越过沙漠　草甸　丛林
飞鸟的高度　鹰的高度和鱼的深度
土拨鼠和蚯蚓的深度
是我的疆域

是马的疆域

是祖先和他们的尸骨
弃石一样散落在各处安息的疆域
是传说和神话野草野花般生生不息的疆域

我知道这跌宕起伏的大地　这疆域
它曾有的自尊是狼群在奔跑中
抖动尖如匕首的灰色鬃毛
我知道一座沙漠在历史中漏掉一个湖泊的速度
我知道一只遗鸥在天空中逃离的速度

它习惯了湖泊中的湛蓝
以及淡水鱼的鲜美　但它还不习惯
天空的湛蓝　西北风的凄厉
和体力耗尽之后软弱不堪的飞

肋骨一样密密匝匝的火车轨道　重伤者的
绷带一样缠了又缠的国家大道
石油钻塔巨怪似的隆隆轰鸣和可以撕裂整个宇宙的
探照灯

而有关一些古怪的鸟和它的巢怎样秘密般地消失
一群盗墓贼的洛阳铲
在寂寞山谷中幽暗而残忍地闪闪寒光
被一群警察突袭
怎样把自己的死和地底的白骨永远合葬一处
从此杳无音讯

我是今天骑马追究秘密的人
我是乘车追踪秘密的人
我是像闯入异地一样深入本地
试图打探消息的人

生活在祖国远方的石头

你要向后退去　在祖国的远方
你要像去隐居一样在大地的纵深处向后退
先去看看那些把时间变得七零八落的石头
它们倒栽葱似的插在沙地里
或者以整座山　以古老峡谷中悬崖的巍峨
隐居于中国北方的高处
或者南方茂盛的树林子里

那是比一只狼和一片树林子
更早地到来　守着山岗和河谷
仿佛时间中的使者般的石头

那是狼和树林子
被沉默的风一片一片啃噬殆尽之后
依然固守在旷野和荒凉中的石头
它的饥渴和沙漠的饥渴一样深
它的饥渴和一口废弃的水井一样深
它的饥渴像一座帐篷
已在一座沙丘上彻底颓废
一览无余

那是沉默的风和高于河流的流水
偷偷地从宇宙中运来的石头
有时候它们与河流同行　更多的时候
它们喜欢滞留在原始地带
任河流独自远去
或者像梦游者一样消失在远处

像一只冷峻的时间之鹰
把自己的飞翔之梦凝固在时间的心脏上
生活在祖国远方的石头
向后退　像隐居一样地向后退
你将会不虚此行　与他们猝然相遇

我一直崇拜的山

我一直崇拜的山
在日光和月光中衰老的山
背着人一天比一天长得更高的山
站得比剑还直的山
被浓雾和呼呼直叫的长风
洗得一尘不染的山
必须分成若干个年代逐段攀登的山
让心跳在脑门上轰轰直响的山
你一定要亲自爬上去
在高处　在走投无路之处
把它摸一摸
就像沉默的父亲　临别时
摸了摸儿子乱发蓬勃的头顶
或者久别重逢之后　儿子归来
用同样的方法
摸了摸老态龙钟的老父亲
和他的额顶

我一直崇拜的山
一座完全石头的山
我经常要上去走一走的山

我无论事情多么忙多么无暇顾及
也一定要选择时间
（有时候在春天　更多的时候在秋天）
在它的高处或者更高的地方
（最少五分钟　最多一个时辰）
望一望　再望一望
摸一摸　再摸一摸

直至高处的凉风中
我的体温仿佛渐渐散尽
直至我沉默也锁不住的泪水
潸然下落

秦岭：石头庄园的七种方式

1

这些石头你是搬不回家的
这些石头
跟你是地主　富农或资本家无关
跟你的庭院无关

它在你我之外
在风和时间之外
在上帝的庭院里

一只飞过秦岭的鸟
一棵长在秦岭中的草或者树
比之于这些石头
都是偶然的
都是侥幸的

2

永远需要人去见识的石头
需要一代代的人
由于要寻找这些石头
走过了头　出门太久　深入太久

迷失在山中　迷失在这些石头中
迷失在这些真实的　沉默的
傲慢的　每次见面都仿佛刚刚诞生一般的
陌生的石头中

3
无论以怎样的方式
打开石头
都是打开更多的直角或棱角
一种或无数种刀子般明晃晃的
直角或棱角
预示着更多猝不及防的危险
或者根本就不存在的危险

4
这些石头也有着深藏不露的谦逊
偶尔　你可以与它的弯度和幽魅之境
狭路相逢

在这样的石头里
直角和棱角直接放弃了包藏的祸心
你可以深入其中找出更多的风情
石头在深处把水攒起来
像镜子一样　又平又细
这从未使用过的镜子

仿佛一直在等着你

现在你可以试着照一照
自己的一张脸
是马脸　鬼脸　还是人脸

5
你可以把石头折断
就像心中充满了愧疚和悔恨的侠客
在古中国的江湖上折断了
自己的骨头
之后他迎风而歌
使得被折断的石头中
露出了更多獠牙似的直

剑拔弩张之下
必有缩作一团的事物
像吞食了剧毒的大虫
痉挛　蜷曲

但是被折断的石头除外

6
石头的直是明摆着的
石头的直是不可改造的

是强硬的
傲慢的

石头的方向
无论向上的还是向下的
或者是旁逸斜出的
都是垂直的

它所包藏的难以预料的直的
粗笨　浑圆或幽僻
是要把一座山剑一般直截了当的故事
时间的故事
白云　鸟或者藏在根上的故事
从容地讲给你

7

坐石成山　野生的山
绝不会为谁而驯服的山
让风和一只鸟迷魂的山

让你带不走的山
让你和你的沉默　迷途之后
做个野兽也心甘情愿的山

与一条神奇的鱼相遇

水像鸟一样
居住在石头里
这条鱼也像鸟一样
居住在石头深处
那卧作鸟巢状的水里

此时这条鱼赤条条地
被我从石头里掏出来
拈在风里和手里

这有着怪鸟一样凶险的长相
而又令人思虑重重的鱼呵
我想我不能把它带出山中
也不敢让它再回到鸟巢状的水里
而试图将它扔下高处
沉入未知深渊的想法
刚一闪念就让我禁不住虚汗大发

我记得这条鱼早先曾在梦中出现
当时它用人一样的目光看着我
它像丧失了声带一样

嘴巴欲张又拢　一声不吭
让我想起一天夜里
一个失踪在路上的孩子
不易察觉地哭泣着
在黑暗中　若隐若现
一个人独自行走

黑的东西和铁

铁　黑的东西和重的东西迟早要变轻

这并不奇怪　就像一幢比山更高的大楼
你可以上去　灰尘可以上去
电可以上去　怪物可以上去
患上了瘟病的月亮可以上去
但是怀揣着黑铁的人呵
铁的黑你是不能轻易外露的
铁的笨重将把你变得畏首畏尾
一座越来越好轻恶重的城市
它那热风和传说中的大　它的边界上
去年就已隐而不见的长古树的村镇
它的已在岁月和繁华中含混不清的性别
怀揣黑铁不慎误入其中的人
必将是抑郁而死或者抱头鼠窜的人

铁　黑的东西　沉重的东西
迟早要被闲置起来　在旧时代
用黑钉子钉死了一棵槐树　一棵榆树
一棵柏树　还有一棵皂角树的黑铁
没有人能料想到它如今的下场

没有人能料想到　这么大的城市
这么多的人　它们如此轻飘

一个轻得要飘到月亮上的时代
在它的沉到地下的废品仓库里
闲置着一大堆囚徒般轻如鸿毛的铁
和类似铁的黑的和沉重的东西

山上的石头

越过一条泥沙俱下的河流
一大片荆棘地　一大片不知名的荒野
以及一些山峰造势的坡度
就是我在礼拜天喜欢见到的
山上的石头

朴素的石头　棱角坚硬而粗糙
伴随一些杂草
令人想到它陷入泥土的深度
令人细细打量着
它的由风和阳光打磨出的圆润光滑的一面
它的一些由于过分缺乏匠心
而出其不意的裂缝

它的神秘的涡纹　仿佛巨兽踏出
而又经历时间修饰的梅花趾印
仿佛某个朝代某个忠臣的血
自断头台上滴答而下
却在时光弥漫中姓氏模糊

仿佛一个个倒地而亡的朝代

多少年后才白骨散尽
才选好这一块山上的石头
将如释重负的心思
微笑般显现

我喜欢在山上行走
在山上要相遇的石头
是从古代放到现在的石头
让风带走又带来的石头
是坚硬和粗糙　无论如何
都瞒不过圆润与精细的石头
它沉默着　被世界忽略
但却无法让谁据为己有

山上的石头　我在礼拜天
必须前去访问的石头
我常常想起它
想起整天的忙碌　也不过是
弯曲身体　把轻如鸿毛的重量
举上头顶

一个石匠

一个石匠是我的父亲
他生活在北方
清朗而悲愤的星光下

他有很多夜晚在悬崖上——

黑暗中　他不断地把巨石滚下山坡
激怒一条大河
峡谷中众人的睡眠

而很多白天　在巨大的采石场上——

烈日使空气陷入沉默
他独自一人敲打着盛夏中排列的
一块块粗暴的石头
偶尔　当铁凿雕刻到微妙之处
他也会兴奋地大声嚷嚷：
"看！这些石头总能变白，
又白又漂亮。"

一个石匠　我的父亲呵

他孤僻而令自己沉醉的一生
日复一日地　在夕阳西下之后
在黄昏的黯然和身体的炭黑之中愈陷愈深
全不顾悲愤的北方星光下
比星光更亮的火星正飞溅
也未察觉　不远处的黑暗中
我常常一边等他归来　一边吟诗

车灯呵　为何来去匆匆
刚刚将幽深的峡谷照亮一大片
又把它重重地留给黑暗

祖国与石头

这山的一部分今天留给石头
这峡谷中不为人知的一部分
今天也留给石头
这巨流　应该更深地深入地层
使更多的石头　浑然天成
或者带着残破仿佛来自史前期的石头
危如累卵地凸显出来
在这适合精耕细种的
一大片辽阔的土地的尽头
应该开辟出更多的地方让石头居住
让那些仿佛来自山中
连接和暗示着时间另一端的石头
在劳作和生产之余
可以眺望　同时伴随着一丝丝
不易察觉的感动

我的祖国需要石头

野生而无用的石头
没有来历（有也是枉然）的石头
应该像一个个的隐喻
悬在高处　或者活在
生活的另一些端口上

追赶巨石的人

巨石从世界的高处滚落下来
巨石从世界所有的地方滚下来
不需要高风吹拂　不需要从一个高处
到另一个高处　或由高到低的大地般的阶梯
不需要弓弦似的或者半月似的弧度
不需要榴弹炮或者航天飞行器的弧度
巨石在世界所有的细节里带着轰响滚来

那在轰响着滚落的巨石后边追赶巨石的人
那在背后被更加巨大的巨石追赶的人
那狂奔不息的人　大喊大叫的人
那由于过分兴奋而不断跳向高处的人
一次次错过了巨石追来的打击而将危险置之度外的人
是幸福的人　有着孩童般不可克服的纯洁
和猛兽般不计后果的为世界献身的气度

世界在陆地的中央　世界在大海的中央
世界在一个还没有憋破的气球内部空虚的中央
巨石朝世界的中央滚下来
追赶巨石的人在世界的中央

像玩一场始料未及而又胸有成竹的游戏

追赶着巨石
也被巨石追赶着

整理石头

我见到过一个整理石头的人
一个人埋身在石头堆里　背对着众人
一个人像公鸡一样　粗喉咙大嗓门
整天对着石头独自嚷嚷

石头从山中取出来
从采石场一块块地运出来
必须一块块地进行整理
必须让属于石头的整齐而磊落的节奏
高亢而端庄地显现出来
从而抹去它曾被铁杀伤的痕迹

一个因微微有些驼背而显得低沉的人
是全心全意整理石头的人
一遍遍地　他抚摸着
那些杀伤后重又整好的石头
我甚至目睹过他怎样
借助磊磊巨石之墙端详自己的影子
神情那样专注而满足
仿佛是与一位失散多年的老友猝然相遇

我见到过整理石头的人
一个乍看上去有点冷漠的人　一个囚徒般
把事物弄出不寻常的声响
而自己却安于缄默的人
一个把一块块的石头垒起来
垒出交响曲一样宏大节奏的人
一个像石头一样具有执着气质
和精细纹理的人

我见到过的整理石头的人
我宁愿相信你也见过
甚至相信　某年某月某日
你曾是那个整理石头的人
你就是那个整理石头的人

风一样轻的叙述从何而来

把犁铧从大地上移开
他曾被父亲的荆条在山上毒打
在烈日光焰轻掠的山上
父亲的手掌比烧成黑色的石块
更毒辣　更有心计
在开始成为一个烧瓷师傅之前
他曾做过黑砖厂的制坯伙计
也曾在机械厂干过一阵子填煤工
给巨大的钢炉中加煤
把握火候
他曾在火中熬干九条河流
年复一年
只有他知道九条大河消逝的秘密

当九条大龙在他的梦中反复出现
当梦中的九条大龙开始与九只凤凰嬉戏
也开始与他嬉戏
作为讲述者　他从此确定了讲述父亲
也讲述自己的方式

——风一样轻而又轻
和事物消失时烟雾一样简洁的方式

第五辑　旁观者的世界尺寸

世界的手

手进入黑暗中
那意味着它进入了土地
手进入凉快的澄明中
那意味着它进入了生育期的水
正在产卵下蛋的水
手进入澄明中随即死去
那意味着它进入了玻璃

世界是一个盲人
手不停地在里边摸索

乌鸦

一群乌鸦　黑压压的乌鸦
从旷野上飞过
投下阴影

同样的一群乌鸦
喜欢聒噪　哗哗地振翅飞翔的乌鸦
在月亮上飞过
在月亮上
投下阴影

一只伤残之手
模仿乌鸦的样子举起来
指着天上　乌鸦飞过之后的
铅灰色的布

一丛头发　或者是类似头发的植物
长出大地
它有一种被激怒的样子
仿佛是树

仿佛一群乌鸦正集结在它的内心
期待着下一次
暴动般的
飞

面具

让身体变得比历史上还要腐败
使星光 大风（它掀翻了多少面具）
和狂奔的神明更容易通过

肺叶和肾珍藏着血 石块
让镜子照进去 让镜子里返回的光
摸摸你放弃了面具的脸
和精神病患者般不修边幅的头部

这时代的肋骨难以捉摸
这任何一个夜晚都不加控制的失眠 偷情
偷倒的垃圾
歌唱像吵嚷一般普及

逼迫着我 我已经不适合在这里居住
这个横行霸道的城市
等离开前的那一天 我将冲着它
大声嚷嚷——

你们 这被你们热爱的什物我已忍无可忍
现在我需要面具

等离开的那一天
我要佩戴好面具
我要把脏乱差的词语　东拼西凑
大声嚷嚷一通

大声嚷嚷
让自己变得真实起来

无名氏授权书

把天空还给鹰
和胡燕
把松木还给南风和北风
把黄金的海岸线还给海水
把盲人的琴声还给葬身海底的骸骨和朝代
还给荷马
这被孤苦伶仃的海水淹死的人

把我的身体还给卡通片中的
战神和智慧之神
把语言还给那个亲吻死亡
如同亲吻婴孩的人

把去年不慎打碎的一面镜子还给冷冻加工厂
把月亮还给水井

两个静物

一把剪子和一面镜子
被同一个男人同时拿在手里
他（一个男人）的铁青的面容
暗合着某类动物才有的深邃目光

一把剪子和一面镜子
一个在左边　一个在右边
它们喜欢在火光和日光里显现的面孔
是两种截然不同的面孔

一把剪子和一面镜子
在一个男人手里是冷静的
在一个女人手里是潮热的
在夹杂着尘埃的风里是可以生锈或腐烂的

但在我的手里　一把剪子和一面镜子
它们类似于性格犹疑的两个道具
拥有时隐时现的性别　热烈的颜色奋拉着
仿佛难以确定发现力量的方向

天空轻呀轻

天空呵　整整一个时代的头发
一阵微风就洗掉了你的黑影子
洗掉了黑影子
你就干干净净地轻呀轻

轻呀轻　你就直上白云之白
白云之上
你就握住了一个个飞鸟的高度
让飞鹰的谦卑和飞机的重
在白云之下飞呀飞

让我的重　大地的重
整整一个时代全部城市的重
一阵像云一样腾起的浓烟的重
我们通通在天空下仰望着
轻呀又轻的天空

一阵微风就洗得干干净净的天空
直上白云　在白云之上飞呀飞

空荡荡的大街

在城市和巧言推辞给别人的一次晚餐之间
一种近乎专横的静中
是摆在我面前的空荡荡的大街
延伸着去向不明的几何的长度

在我和空荡的大街之间
是一个表情类似于两个事物之外的第三者
在一种纯粹的几何学原理中窥视着
远处玻璃的高楼上另一张同样也在窥探的脸

在两张试图互相窥探的脸孔之间
是猫一样胆怯的夜色渐临渐近

把黑变白的经过

黑的东西若要变白　先要让
黑暗变成潮汐的形状
在内心中上升

走在路上的黑若要变白　先要让
黑暗的潮汐伸出老虎的爪子
大棕熊的爪子　紧紧地攥住
忧伤礁石般坚硬的尾巴

身着黑龙袍的皇帝的黑若要变白
先要让黑龙袍乔装打扮成一块白云
在天空的深蓝中飘荡一阵子
在太监的白脸上留下黑影子

黑铁中的黑若要变白　先要让
上帝的雾从最上边下来
上帝之手要暗中推动着雾　让雾飘过
喜马拉雅山上生活的高节草
和横卧地中海海底的一具具骸骨

包含在巨石中的黑若要变白

也需要雾　需要雾走遍世界
在一切巨石的内部
和一切细小事物的内部
轻轻地弥漫

三句箴言

穿着花衣服的暴力
临出门前
打碎唯一一面镜子

戴手铐的玻璃
经过一扇发出腐败味道的窗户时
练习抛媚眼

一具有精神病史的尸体被解剖后
发现了大量未吸收的漂白粉的灰烬
和大量未溶解的青霉素结晶体

悄悄话

四月的悄悄话有点上面重
下面轻 是属于轻浮的那种
应该等到秋天再说

八月的悄悄话毛手毛脚的
它伸向青苹果里熟睡着的红蝙蝠的老情人
应该等到一本书被虫吃坏了以后再说

十二月的悄悄话露出了大野猪的高脊梁
它的纵欲无度的肉又粗糙又松软
应该等到狼来了狗走了的时候再说

怀抱了一生压制了一生的悄悄话是一句黑话
暧昧的话 让真理和它的骨头原形毕露的话
是人和牲口 好鸟和恶鸟都不愿说的话

应该让夜里的黑猫吃掉另一只黑猫后再说
让风的粗脖子细脖子
拧断了梦的有囊肿的肿脖子以后再说

鱼形的雪

我在旧邮局被玷污的玻璃橱窗中
取回被你的猩红热烧得发烫的雪
我在宇航局秘密基地的保险柜中
取回你在去年寄存的一场雪
我在迟迟不肯死去的草坪的背阴部分
取回背叛者面孔一样的冬青树
以及为它所深藏的阴郁的雪
我在旧书报亭一本旧杂志的黑白雪景的封面上
取回与黑暗同样卑污同样下流的雪

而今夜的雪　夹杂着星光被秘密分解的碎屑
它将落下一切已腐朽殆尽的形式
在孕妇羞愤难当的红晕里
雪将赤裸裸地堆起　梦中的尘土
以及它的全部鱼形的潮湿

E 时代自由生活写真

他年纪轻轻　　却有着鳏夫般的古怪性格
住在城中村简陋的凉棚里
一个人和一台电脑住在一起
一个人在电脑里开了几家超市
一个人陪伴着一个塑料女模特

一个从不带女人回家的人
传说他偶尔会和塑料女模特做做爱

传说去年夏天或者前年夏天
炎热中他们生出了一个怪胎
一个长着大象的屁股　　马的脖子
牛的犄角　　鸟的尖喙
以及另外一些不确定特征的肥胖症患者

要不是炎热中热昏了头　　他冲出凉棚
冲进了梦中的一座冷冻加工厂
撞翻了薄门扇　　露出了传说的全部马脚
在越拆越小的城中村

他和女模特依然是最甜蜜的一对
他们在传说中藏着很多小秘密的日子
依然会使难以得逞的偷窥者晕头转向

玛丽活在世上

我的女友玛丽活在世上

玛丽　我是你心地纯朴的小猎人
我要买下一万座花园
交由你来看管

玛丽　信不信由你

宇航员丘切托夫做证：
我要在天空　那水淋淋的蓝纸上
剪下半瓣还多的月亮　我内心的金黄
一种类似老虎的颜色
装饰你的花园　你的
又白又细的颈项

我的女友玛丽
你要好好地活在世上

我的耳朵在等着你
我的贪婪的耳朵还要听你的悄悄话
带着妖冶香味的悄悄话——

我的小猎人　大灰狼
你怎么还是你：
寂寞的时候　龇牙外露
剑的光芒
让我来给你温柔

我的女友玛丽　面包师的女儿
深谙制作发面的原理
她一出现　我就又绵又软

我的女友玛丽活在世上
心爱的人　心地单纯的人
我要她活在世上

寂静与洁癖

他的书房过于干净过于整齐
连一只蚊子都无法降落下去
有点摆设　有点不真实
我不喜欢

她的表情太干净太自然了
连灰尘落上去都会觉得羞愧
显然她还比较敏感　比较矜持
我真喜欢

海葵花

我从未见过的水　蒙昧之水
鸟和狐狸相互欺骗一番之后
谁也不去喝的水
它的最深处开着小小的海葵花

水（即使是蒙昧之水）的本质总是下流的
在水的更深处　海葵花的圆形花盘
被黏液般的丝绒缠绕着
喜欢在黑暗中张开
仿佛美人鱼一次小小的失眠
只透着一小块的光亮

我从未见过的水　我在一次郊游中
意外地遇到的一种水
它过分讲究的澄澈
那种类似于某种亡魂的神情
往下看　再往下看
越过蜉蝣般纷乱而细小的事物
是一朵小小的海葵花

我从未见到的水是蒙昧之水

我叫不起名字的这种花
仿佛是暗室里某种药水洗出的炎症
它用不太真实的亮丽强调着水中的忧郁

我叫它海葵花

飞翔

蝴蝶也可以在黑暗中飞翔
当黑暗被一个烂熟的苹果暗示和诱惑
黑暗就像一只斑斓夺目的兽王
比软弱而文气的光明更能强调白昼之白

蝴蝶也可以像一只恶鸟一样有力　睡醒之后
在黑暗中带着轰鸣飞翔
带着海潮般巨大的腥味　像海潮一样
从深海般不动声色的潜伏中跳出来
使飞翔包含了比死亡更精确的意图

在黑暗中飞翔的蝴蝶是凶猛的
它绕过很多东西　但并不刻意拒绝
与另外一些迷路的蝴蝶在飞翔中
出其不意地撞击　甚至不拒绝
飞翔与飞翔过分撞击后

所导致的必然的坠落
或死

野生动物园参观札记

老虎　老虎

老虎老虎我爱你
爱你的花斑纹虎皮包含着的
黑夜一样的黑　黄金一样的黄
和可以一把火烧掉整座帝国大厦的
火焰一样性感的橘红

而你的剑齿獠牙　由于牙垢太多
由于嵌入的铁钉久久不能剔除干净
已经配不上今天雾霾散尽后
白昼白天鹅一样的白

孔雀　孔雀

孔雀孔雀我爱你
爱你携带七种颜色的绚丽拼图
和一种比毒蛇更具有杀伤力的剧毒
还有狐臭　还有能够颠覆整座城市的
罕见的寄生虫病菌支原体

听说你闹情绪很长时间了
很长时间中食欲不振　面对全国游客懒得开屏
因为和你在一起的母孔雀　爱上了
另一只母孔雀
它们执意要闹同性恋
刚刚离家出走

鳄鱼　鳄鱼

鳄鱼鳄鱼我爱你
爱你在北方冬天的梦里哭泣　悔恨
由于害上了胃溃疡
消化了一肚子军马场送来的马肉
却怎么也消化不了一块误食的马蹄铁

爱你在北方夏天的梦里哭泣　发烧
因为不断偷吃池边的草丛和池底的蓝藻
那些刚刚吞到肚子里的小动物们
有的在筑巢　有的在打洞　有的在谈恋爱

爱你在接下来的另一个北方的梦里
梦见赤条条一丝不挂的美人鱼
生下一水池刀子　棍子和铁砧一样的铁
以及浅灰色的钉着马蹄铁的石子

一次有关诗歌和生物学的神聊海侃

我和公度　小恒　还有另外几个人
在西直门外的绿岛咖啡店
有人在喝茶　有人在喝咖啡　有人闷得慌
建议大家一齐说说跟诗歌无关但必须有趣的问题

公度说　他正在研究
诗歌和生物学有关的问题
这是检验诗歌是否还活着
甚至到底能活多久的重要问题

小恒刚从朝鲜旅游回来
他说那里的夜晚那个安静啊
城市非常干净　不光是人
连灯光也是早早就睡了

还说了很多地方　利比亚
叙利亚　巴基斯坦　古巴
或者一些什么人的近况　譬如
死不见尸的本·拉登
（比起卡扎菲　这多体面呀）

再后来我突然想起了什么
摸摸后脑勺才恍然大悟
我说我想起　《圣经》上可能少了一句话——

只有在恶魔的肚子里种上诗歌和玫瑰
才最温暖　最安全

荒凉的割草机

一堆铁在生锈　一架机器
在荒凉里埋下半截身子

月亮的骸骨是黑色的　月亮的飞行
是一只明天还要飞翔的恶鸟的飞行
代替玫瑰的毒刺和怪石的质朴

月亮掠过北方的头顶
月亮排泄出时间
排泄出北方　荒地
一堆铁和一架机器的
宿命的炎症

月亮　一只恶鸟
我要把你翅膀上的毒瘤割掉
我要把某年某月
遗失在彗星肚皮中的手术刀
和恒星上失效的一卡车安眠药找回来

月亮　一只恶鸟
我要站在你的影子里打针

给北方和荒地
给一堆废铁和一架机器

铁的贞操是可疑的　　油污是贪婪的
一架没有水喝没有草吃的机器
在北方的生锈是宿命的也是纵欲的

呵　荒凉的割草机
月亮这只恶鸟明天就要叼走你
你的牙齿已咬不住
这荒凉土地的一根毫毛

月亮这只恶鸟的骸骨是黑色的
你没有草吃没有水喝的骨架
也是黑色的

荒凉的　　荒凉的割草机

沉默的人

沉默的人
他把自己声带上最好的一个部位
不慎种进了地里

沉默的人
知道克制语言会使人幸运
知道一棵越长越高的树
多么喜欢雨水

沉默的人
知道那些华丽的声音是纸做的
它们来自暴行般的砍伐
因而害怕雨水

沉默的人
不到时候就早早退休回家
在花园里剪枝　浇花
在有树林子的山上转悠
像一个遗失在梦里的园丁

象征主义者的夏天

身披黑亮鱼鳞的人
头饰牛角的人
腰缠花斑蟒蛇的人

向月亮索取毒药的人
在彗星上寄存了整座
噩梦加工厂的人
用沉默的独行带来符咒的人

都是我从未见过的
表情怪异的人

杀生之美

我模仿着某种野兽的样子
引颈高叫着
而树丛中的鸟愈发沉默

被震落的树叶　仿佛不幸中弹的鸟儿
缓慢而略带迟疑地从高处飘落下去
在草丛里深深隐藏起来

舵手

梦想工厂乐队的大提琴手在打听他的下落
北方的隐者被狂风掏尽了胸腔中沉积的沙粒
之后在打听他的下落
在一场梦境中　我变成一个手握贝壳的孩子
对着一群正欲逃往海上的水手打听他的下落

孤独就是一只轮船的碎片
像灵魂的碎片一样　积压在旧仓库的底部
在岁月深处独自蒸发着盐和海水
就像中年的我　在梦中变成一个惴惴不安的孩子
被类似于父亲或者舵手的人抛弃后
被四周海水一样粗糙弥漫的暮色追赶着
匆忙奔走在标出旧时代故乡位置的地图上

气球与空虚

地球就像一只令人出其不意的气球
里面是实的　外面是空的
在无边无际的空虚里飘荡着

在无边无际的空虚里飘荡着的气球一样的地球
它的头是重的　它的翅膀是重的　心也是重的
不费吹灰之力就碰落了一架飞机
碰碎了一只老鹰
甚至将不慎撞倒的一座山扔垃圾一样扔进了大海
从而把它们不得要领占领过的空虚
重又还给了无边无际　只有宇宙才配得上的空虚

从而使气球一样在无边无际的空虚中飘荡的地球
有了心脏一般既敏感又敦实的形状
和比心脏还要难以憋破的
但却能被空虚所憋破的气球所验证出的
全部空虚的真理

四只屎壳郎怎样轻易地带走了地球

首先　是来自卡通故事中的四只屎壳郎
它们像掏空一只驴粪蛋一样掏空了地球
并趁着夜深人静
使出了吃奶的劲头折腾着
试图把它秘密运往别处

接着是一场奇怪的瘟疫袭来
它就像假想敌一样难觅行踪
四只屎壳郎被率先杀死　一只只四脚朝天
那是一种奇怪的风　它不吹拂而是弥漫
它所经之地
草地在枯萎　森林在自燃
河流在干涸　海域和它的蔚蓝
像装在漏斗里
迅疾地下沉

与大海一齐下沉的还有
南极和北极的冰层与雪峰
它们在涣散　塌陷
被浓雾无限地带向无限的高处
将天空的湛蓝涂成灰蓝

美国　中国和俄罗斯

欧洲　亚洲和非洲

白种人　黄种人和黑种人

这些曾经比真实更真实的敌人　如今就像假想敌一样

藏在各自的凉棚里

不再互相伤害　也不知道

彼此的下落

飞机在绝望的蓝中飞着

上面是蓝

下面也是蓝

在无限的　仿佛连方向都不存在的蓝中

飞机好像很慢地飞着

这无声无息的无限之蓝

它几乎控制了飞行的颤抖

使其只是微微战栗

使白晃晃的阳光透着某种生硬的冰凉

飞机在这几乎有些绝望的蓝中飞着

就好像它是在飞越

一场快要接近灭绝的虚无

第六辑　我的故乡在秦岭以北

我的故乡在秦岭以北

天下人都知道　秦岭以北
（有很多事情一直隐藏得很深）
是我的故乡
山上的月亮透着羞愧的红
像刚刚哭过的样子　它的河流在草丛中
而它石龛里的神佛　被香火熏陶
黝黑中透着红光　就像父亲的红脸膛
被生活和灰尘反复洗涤后
在黑乎乎的胡楂里　闪烁着
某种既压抑又温暖的光泽

天下人都知道　我的故乡
但他们不知道　这些年来拖儿带女在外漂泊
我一直喜欢在暗处沉默
（我也有这从故乡带来的性格）

在暗处　回想父亲在河边杀掉一头老牛后
丧魂失魄　一个人在山上狼一样号哭
红脸膛上老泪纵横
我只能跑得更远　而无论我跑多远
我的心里都是摆脱不掉的哭声

它们继续追逐着那些通灵的牲畜
这些年　一个乡下人
看到真理后的悲惨心境
我和我父亲　我们一直羞于出口

天下人都知道　在我的故乡
牲畜的亡灵比人的灵魂
更长时间地折磨着生活
贫穷是一种古已有之的误会
它的树上不养鸟鸣
只养在秋天向下坠落的树叶
它的河里不养鱼　但养那种蛙鸣
在月夜里　蛙的叫声
刺穿河流中心蓬勃的草丛
一会儿像父亲的嘀咕
一会儿像婴孩的哭泣
使夜色更寂静更凄美

天下人都知道　我的故乡
父亲和母亲等着归土的村庄
如今显得更加空荡　某个冬季
等我回去以后
那已是父亲归山的日子
雪像白衣服一样紧紧地裹着
奔丧者木棍一样的身子

哭声像结冰的河道一样
蜿蜒而僵硬

天下人都知道　秦岭以北
那是我的故乡和许多人的故乡
天下人不知道的是　如今那里的人
一天比一天少了
草丛茂盛　蛙鸣寂寥

巨鸟

能覆盖整棵大树的鸟
是巨鸟　忧伤的鸟
令人恐惧令大石分裂的鸟

能覆盖全部历史或时间的
鸟　是枭
是这种不长舌头也不发出声音的鸟
在古树的顶端　枭
恶狠狠地沉默着

枭是巨鸟　是时间患者
宇航局掌控不了
也无法命名的
杀手

白云和鸟

白云向天边飘逝
白云下面　一只飞鸟
也在北方飘呀飘

飞鸟下面　沉重的北方大地
一座山岗（风是它的纽扣）
一个懒虫似的我　无所事事
总想望得更远

我的北方需要白云养育
需要一只飞鸟
在飘逸而凶悍的高度上

在荒凉里降落

我试着说一说秦岭

我是北方人　秦岭就在我家的院子里
我知道翻过秦岭就是南方
那里住着的人
吃着一辈子也吃不完的鱼和热带水果
肺活量不够的时候就会拍着胸脯念叨秦岭
想象它内部的石头
细长而缓慢的水怎样从山里慢慢走出
那是热衷于被山和太阳直接截获的水
历经曲折好不容易有些长余的水
有的向南朝着长江
有的向北朝着黄河
有的向上朝着太阳和月亮
男人和女人　天空特有的黑与白

我是北方人　我家的院墙就是秦岭的根
我知道秦岭深处的东西　主要是那些石头
那些罕见的植物　动物和怪物
带着可信和不可信的寻常与神秘
我知道　天也知道
每一个朝代都有为秦岭而走失的人
他们至今还住在山里

吃着野果草根　与世无争
比较确切的消息是
一条试图穿透秦岭的地道
从这头到那头　从黄色到红色
从代表黄河的沟壑到代表长江的山水
整整打了十个年头　十年之后
一条地道的两头
这边是秦岭　那边还是秦岭
这边是石头　那边也是石头
灰蓝色的石头　谜一样令人难解的石头
巨石被水浸泡后生出的黏液
散发着古里古怪的味道
和两千年后依然如故的硬度
类似蛋清或者早产妇女的羊水
如果你要发出真难闻哟的叫声
我并不反对　也不会反感

其实秦岭说到底就是那么一座山
神秘的山　众说纷纭
而又难得一见的山
山里头又有多少座其他的山
是数不清的　有多少块石头留在那些山里
也是数不清的　重要的是
一个人口最多的国家　人们生活在它的两边
能种稻子养鲤鱼的地方叫南方

能产小麦出美人的地方叫北方
在它的两边　年年月月
教科书的纸浆黏糊糊的有些不堪入目
一律被冲入太平洋

我是北方人　和秦岭生活在一起
关于秦岭　它那几乎不可翻越的大
其实我知道的也不很多
我只是随便说说　唐朝人的秦岭
被江水泡出肺气肿的宋朝人的秦岭
至于风和时间中的秦岭
真正的秦岭　上帝和皇帝的秦岭
还有白脸奸臣的秦岭
小偷　妓女甚至风流寡妇的秦岭
我们以后再说吧

北方的一片树林子

北方的一匹狼要出走
这是一片树林子的事
是让月亮变得凄美的事
也是一匹狼心里想了很久的事

一片树林子　根连着根的树林子
在一匹狼出走北方之后
变成了一棵又一棵孤零零的树
最后又成了仅有的一棵树

（可笑的树　在风沙中摇摇晃晃的树
比狼出走的欲望还要强烈地
受着折磨的树）

北方的一匹狼在出走
最后的一匹孤狼　灰白而凌乱的皮毛
像一只灾年的老鼠一样一蹶不振
丢下一片孤零零的树林子
和细腰与瘦腿上
全部曾被传说的贪婪和奸诈
它落荒而逃

被仅有的一棵树守候的树林子
狼把它甩在了身后　狼还甩掉了
从此只能长出一些瘦削颈脖的牲口们
一些既不是猎人也不是牧人的
灰溜溜的人们

北方的一匹狼在出走　剩下的树林子
生活过狼的一片树林子
出走的欲望在风沙中
在天际和它灰白的缝隙间　一天天颓败

蜘蛛

你的灵魂里盘踞着蜘蛛
蜘蛛的形状
就是你的灵魂的形状
蜘蛛抽丝的样子
就是你的灵魂与某个幻影藕断丝连的样子

这一切仿佛命运
也仿佛前世既定
蜘蛛的身影
就是你的灵魂的身影
你走到哪里
蜘蛛就能跟到哪里

你告别的次数太多了
脸上有太多的忧郁和雾霾一样的迷惘
你喜欢往人群里钻
试图让那些突出的驼背和肿鼻子帮你蹭掉点什么
你一直在寻找很多人离而又去变动不居的地方
去那里打听另外一些蜘蛛的下落

因为你很久不见蜘蛛的影子了

蜘蛛的影子
就是你每日都要死而复生一次的灵魂的影子
甚至就是你本身的影子

在运河工地上

工人们在北方的山地里打地道

工人们把不知从什么地方运来的石头
在铁器上横加打击
断开水汪汪的田畴
砌筑着南方
在他们的背后以及驼背低下去的地方
泥土四溅的渠道向前延伸着

（就像在北方的深处地道向前延伸着）

工人们缺乏言语的面部
长年不断的泥浆与水
以及长年不断的太阳与风
重复着一种类似堆积或者散落的过程
重复着某种分不出东南西北的表情

（那表情仿佛国家制定的某种蓝图）

工人们在北方的山地里打地道
在南方的旧河道上清理黑而又黑的淤泥

在他们一再放弃的工地上
我曾经多次安排行程　一个人
自由散漫地在祖国的各地行走着

（一袋又一袋的行李遗失在野地上
充实了工人们的空虚和我的空虚）

在运河工地上　在北方地道的深处
在比南方更低的长渠的深处
工人们表情木然的劳作　与蓝图有关
某种试图接近清晰的暧昧
仿佛幽暗心理遮掩了遭受挫折的欲望
又在悲悯和坦然中闪烁不定

（仿佛蓝图之外另有蓝图）

郊外的挖掘者

请求星空下垂
照耀这些黑暗中的身影
这些早出晚归
不留任何痕迹
也没有传出任何风声的
挖掘者

这些天一亮　趁人们不注意
悄悄潜回白天
和生活深处的挖掘者

请求星空下垂　照耀那些自上而下的
锐器上幽暗的闪亮
土地温暖的心腹被穿透时的情景
石头　比石头还要深的地方
比石头还要诡谲的沉默
这些沉默控制着的另一个世界

请求星空下垂
我肯定会不吭声　我
仅仅是个观察者

眼睛像星星一样又亮又远的
观察者
眼睛像星星一样迷惘
而又好奇的观察者

请求星空继续照耀这些
秘而不宣的挖掘者
这些在下一次的黑暗中
还要继续向深处挖掘
但拒不声张的人

一个无法命名的早晨

一大早就出发了
向着地平线　一大早
这些如同梦中行走的人
离村庄越来越远的人
在一座最高的城楼上
还能望见的人

这些让荒凉和北方有机会表现得
更为博大的人
仿佛在谈论着什么有意思的话题
越走越远

旁若无人地谈论着
这些雾一样执拗地向前走的人
这些看似眼熟而又陌生的人
不明用意地要去一个地方的人
让我有些不安　心里怦怦地跳

由于在暗处　看得不太全面的
暗处
这个早晨我的确难以命名

这群越走越远的人
我猜想他们或许是在谈论一只蜘蛛
一只鱼一样在土里游泳的蜘蛛
但他们要去什么地方
他们要去那地方的意图
我不知道

也许天知道

像蜘蛛一样　我
仅仅是一个躲在暗处的旁观者
沉醉于远而又远的观看
但不喜欢命名

我仅仅是一个热爱那种高于死亡的独处的人

巨大的事物也能飞行

就在世界的正北方
巨大的事物一直在飞行

平缓的飞行　让喜马拉雅山也显得卑屈
和无奈的飞行　在大地上见不到影子的飞行
不需要翅膀（那样多么笨拙）
向着比远方更远的地方
向着草和声音都不能到达的地方

像一架喷气式无影战机耗尽了油料
渐渐地它的巨型骸骨在下沉
渐渐地　巨大的事物
仿佛一只磨钝翅膀的大鸟
它的朝向消失和坠落的飞行是向上的
（我们像风一样对此一无所知）
也是睹之无物的

就在世界的正北方
在翻滚的狼群和巨石突然停住的地方
那些巨大的事物　无须理由的飞行
（其实一只大鸟和它巨大的骨架
也是以同样的方式反复起落）
是人所不知的飞行

与狼神签约

简单粗劣的林子不再容你
山唇之间不再飞掠你苍灰的剪影
铁笼中　你已不再是你
北方茫茫的草原上见不到你
狼神呵——

（与狼神签约：
什么时候我们接你回来
打开庭院　杀猪宰羊
就像接回自己流亡异乡的孩子）

世道变了　人们什么都养
地主富农养蛇养蝎但不养你
城里的阔佬养宠物狗小女人但不养你
狼神呵——

（与狼神签约：
我们所在的城市已深陷于白
像死亡　一种武装到牙齿的白
窗帘　床帐　墙壁　不夜灯
无处可逃的白呵我们不喜欢

我们需要另外的颜色　包括灰色
你在奔跑中杀气腾腾的灰色）

世道变了　你所需要的黑暗
像怀念灯一样正被人们怀念
白净的月色下
夜莺的歌唱和一匹老狼的哭泣
安静而怀乡的居所
狼神呵——

我们跟孩子们约定：让你回来
让你不仅仅在电视屏幕中出现

你还是你
应该在山坡上和原野里偷袭　杀生
白天还装模作样上街悠闲
参观博物馆和古代兵器陈列室
和各种猎枪　应该让你做完偶尔的坏事之后
情不自禁地窃笑
吓吓谁家饱食终日的小妇人

狼神呵　我们与你签约——
让你的灰色和羊群的白色汇合
和马群的棕红色汇合
和大海　山林　天空——我们心中
的蓝色汇合

一棵最大的树

我的斧头是一把上好的斧头

我的斧头我只用来打开
一棵最大的树
残根巨蟒般威严的树　在它的内部
我的斧头喜欢兴奋地发现并渐渐接近
一大片土地的心脏中
那些依然鲜活的汁液
和白光灿灿富有腥味的木质

这并不奇怪　一棵最大的树
面对大地每天的丢三落四
越来越多的根系渐渐裸露
又丑又大的根呵高举着　一棵最大的树
它的死去的部分和它的活着的部分
它的枯枝败叶和它的怒放的葳蕤
当我的斧头白森森的利刃切进去
一棵最大的树
它的汁液是新鲜而沁人心脾的
它那类似于锋刃的内在的白
散发着某种神秘的

庄重的力量

我的斧头是一把上好的斧头
我是说一棵最大的树显然正在老去
有一天　当它苍劲不再
利刃下飞溅的木屑已经淡然无味
我的斧头也不会闲置起来
树和比树更隐秘的事物内部
（或许换上我也一样）
期待它那所向披靡的锋芒

围山而坐的人

围山而坐的这些人
你不知道他们来自哪里
在一个早晨　他们突然出现在北方
三三两两到处转悠
看他们勤劳的样子　早出晚归
手握探测器一寸寸地向前搜寻
把阳光和高大的禾草迎头痛击
却像影子一样不发出任何声息

他们围住的一座座山
据说藏宝很多　很多地方
被绕山而行的铁丝网和禁止入内的牌子
深深地禁锢起来
你不知道是他们干的还是别人干的
很多地方　北方人慢慢地陌生起来
变成神秘之地

围山而坐的这些人
在桃花开红北方旷野的夜里
喜欢唱桃花一样哀婉的歌
那是本地人从未听过的歌

也是让本地人心虚甚至害怕的歌
从烧掉荆棘和狼牙刺的火光中传来
从黑暗中的空旷里传来
从白天沉默无声的神秘之地传来

很多年一晃而过　在北方来来去去
围山而坐的这些人依然是陌生的人
更多被禁锢被控制的地方
更多的神秘之地
一天天地荒凉　懒惰加上无所事事
加上对陌生之地始终如一的好奇心
北方人有的已经老死
有的正在老死
一时半会儿还老不死的
心上生长着浓密的毛发

逃跑计划

对于北方　对于身体背后的这土地
对于这片被祖陵　柏树　钢铁井架和一条大河
悬在半空中的沧桑的大地
我已经藏起了愤世嫉俗的表情

对于喉骨似的贯穿地下
从而像潜龙一样直通向海边的天然气管道
对于被石油　煤炭的粉尘和废塑料　碎玻璃
一天天污染的山川与河流
对于那些鬼头鬼脑或油头肥脑的外地人
我已经全然无动于衷

对于我脚下的这块土地和古老的河流
我还能说什么呢
牛羊不见　这么大的老鼠跑来跑去
一切都像另一个世界的道具似的
我不愿再碍手碍脚地生活在这里
这是去年就定好的计划
我已决定离开或者逃走

我将在群山渐渐从险峻里缓和下来

草原即将展开的地方
回首一望　长叹一声
然后慌不择路
像要甩掉包袱似的折程而去

对一次飞翔的观察

那里　固执的风向突然丧失了目标的地方
一个单纯的人
在迷途上渐行渐远的地方

像在逃避一场致命的火灾
一只土拨鼠突然飞起来
像一只大鸟裹挟着天空不知深浅的铁青色
一只土拨鼠和它的臊味冲天的土模样飞翔在
没有风向与风声的空旷中
而且越飞越高

这场意外而巨大的飞行
一只灰色土拨鼠的飞行
和飞行投射在大地上的匆忙的阴影
一个单纯的人　被迷途的苦恼折磨着的人
他是在恍惚中
和一种比死亡更难摆脱的巨大疲倦中
目睹飞行到最后一刻

毕竟是一只土拨鼠在飞
一个单纯的人　面对如此致命的飞

他没有看到他不希望看到的下场
但巨大的疲倦和没有风向的空旷
以及迷途难返的处境已使他确信：

一种比土拨鼠的飞行更为致命
也更为壮观的事情
一种比土拨鼠及其骸骨更加骇人的坠落
一种比风向更为固执的东西
将会在什么地方出现

或者已经出现　就像个单纯的人
注定要在风向丧失目标之地
坦然地迷途于远方

北方　北方

我的故乡在北方　北方
我的童话的房屋就建在口渴的沙漠上
那里　一朵花有多么懦弱
一盏灯就有多么懦弱

我的故乡在北方
那里　我的童话的房屋是善良的
一盏懦弱的灯
和一朵濒临绝境的花呵
在我的童话的房屋里是两个小宝宝

我的童话的房屋是善良的
它不嫌弃空荡荡的北方
一盏灯　一朵门边的花
他们一个是一个的影子

我的故乡在北方
在北风横扫沙丘的刀尖尖上
在童话的装满隐痛的心尖尖上

我的故乡在北方　我要把我的童话
不断地讲给北方听
我要我的北方在我的童话里慢慢长大